KB275835

그 테러리스트를 위한 만사

그 테러리스트를 위한 만사

초판 1쇄 인쇄_ 2011년 4월 10일
초판 1쇄 발행_ 2011년 4월 15일

지은이_ 이병주

엮은이_ 김윤식·김종회

펴낸곳_ 바이북스
펴낸이_ 윤옥초

책임편집_ 김민경
편집팀_ 이성현, 김주범, 도은숙, 이현실, 김태윤
책임디자인_ 이정은
디자인팀_ 방유선, 윤혜림, 이민영, 남수정, 윤지은
ISBN_ 978-89-92467-52-0 03810

등록_ 2005. 07. 12 | 제 313-2005-000148호

서울시 마포구 서교동 395-166 서교빌딩 703호
편집 02) 333-0812 | 마케팅 02) 333-9077 | 팩스 02) 333-9960
이메일 postmaster@bybooks.co.kr
홈페이지 www.bybooks.co.kr

책값은 뒤표지에 있습니다.

바이북스는 책을 사랑하는 여러분 곁에 있습니다.
독자들이 반기는 벗 – 바이북스

이병주 소설

그 테러리스트를 위한 만사

김윤식·김종회 엮음

바이북스
ByBooks

일러두기

1. 이 작품은 1983년 《한국문학》에 실린 중편소설이다.
2. 연재 당시의 내용을 그대로 살리되, 편집상의 오류를 바로잡고 기본 맞춤법
   은 오늘에 맞게 수정했다.

그 테러리스트를 위한 만사

그 테러리스트를 위한 만사

— 얼마나 훌륭한 재질을 가진 인물들이 이 죽음의 집에서 햇빛을 보지 못한 채 매몰되고 말았을까 하는 생각을 하면 가슴이 아프다.

도스토옙스키는 《죽음의 집의 기록》 가운데 이렇게 쓰고 있는데 나도 가끔 그런 생각을 해본다.

정말 특이한 재질과 희귀한 품격을 가졌으면서도 그 보람을 꽃피우지 못하고 누항에 묻혀 살다가 세상을 떠난 사람들을 나는 몇 사람 알고 있다. 나는 그들을 알게 된 것을 다시 없는 행운으로 친다. 나는 그들을 통해서 맥맥이 흐르고 있는 지하수를 방불케 하는 민족의 저력을 인식하기도 했다.

다음은 그 몇 사람 가운데 한 사람에 관한 이야기다.

이름을 정람이라고 했다.

한자로 쓰면 고요할 정靜과 산바람의 람嵐이라는 것인데 그
렇다면 그 이름부터가 일종의 모순이 아닐까도 싶지만 그런
게 문제 될 까닭은 없다. 그의 모순적인 일생과 그 이름이 잘
어울린다고 생각한 것도 훨씬 뒤의 일이다.

정람 선생과 처음 만났을 적의 이야기를 하려면 부득이 십
수 년 전의 공덕동을 회상해보지 않을 수가 없다.

산의 잔등을 갈라 6차선의 대로가 나버린 지금에 와선 당시
의 면목을 찾아볼 방도가 없지만 그때의 공덕동은 누항의 애
환이 짙은 안개처럼 서려 있던 마을이었다. 나지막한 집들이
서로들의 처마에 의지하여 서로 부축이나 하듯 늘어서 있었고
다닥다닥 비탈에 포개진 집들이 산마루에까지 기어올라 있었
다. 그 사이를 누빈 골목마다 개구쟁이들이 환롱을 치고 있었
고, 황혼 무렵이 되면 약을 친 방의 빈대 새끼들처럼 밤의 여성
들이 이곳저곳에서 기어 나와 만리동으로 해서 시심市心으로
나가는 마이크로버스를 탔다.

그러나 어느 곳에서건 생활은 있고 사람들끼리의 교환交歡은
있다.

나는 그때 낮은 쪽 골목의 어느 약국 안에 세 들어 살고 있
었는데 그곳에서 20미터쯤 떨어진 산비탈에 경산 선생의 집이
있었다.

삼일 운동을 비롯해 항일 투쟁의 경력이 혁혁한 노투사 하
경산河耕山은 부엌방을 합쳐 세 칸 방으로 된 무허가 판잣집에

학처럼 살고 있었다.

그 무렵 나는 일주일에 두세 번꼴로 경산 선생을 찾았다. 나는 경산으로부터 지조의 아름다움이란 것을 배웠다. 경산은 결코 자기의 독립 투쟁을 말하길 좋아하지 않았고 자기가 지켜온 항일 정신을 자랑삼아 얘기한 적이 한 번도 없었지만, 그 쓰러져가는 오두막집 뜰에 당국화를 심어놓고 가느다랗게 뜬 눈으로 그것을 지켜보고 있는 모습 가까이에 있는 것만으로도 지조라는 것의 향기를 맡을 수 있었던 것이다.

경산을 알게 된 얼마 후에 나는 이렇게 물어본 적이 있다.

"뭐니 뭐니 해도 일본 놈이 나쁘죠?"

다분히 경산의 기분에 영합하기 위한 발언이었는데 경산은 내 얼굴을 살펴보는 눈빛이 되더니 정색을 하고 말했다.

"일본인은 훌륭한 민족이다."

나는 깜짝 놀랐다. 나의 놀라는 기색을 보자 경산은

"일본인 가운데도 나쁜 놈이 있고 좋은 사람이 있겠지만 일본인은? 하고 한마디로 말해야 한다면 훌륭한 민족이랄 수밖에 없지."

하는 말을 보탰다.

"일본인의 침략 근성은 나쁘지 않습니까."

나는 힘주어 말했다.

"침략은 나쁘지. 그러나 고래로 강대한 나라치고 침략 근성을 가지지 않은 나라가 있어보기나 했나? 침략 근성이 있었다고 해서 일본만을 탓할 건 못 되어."

“그럼, 선생님은 일본의 입장을 옹호하는 겁니까?”

“객관적인 판단과 옹호는 다르지 않은가. 밉다고 해서 판단을 왜곡할 순 없지. 적이긴 하되 일본인은 훌륭해.”

“훌륭하다고 인정했으면 항일 투쟁은 성립될 수 없는 것 아닙니까.”

“자넨 훌륭한 사람이라고 보면 그 사람의 노예가 될 텐가? 항일 운동은 생존권과 위신의 문제 이상도 이하도 아닌 것이다.”

불칼과 같은 기염을 예상했던 나는 경산의 이런 말에 적이 실망했지만 날과 더불어 교분이 짙어지자 그에게 무궁한 지혜의 샘을 발견한 것 같은 기분으로 되어갔다.

어느 가을의 오후였다.

문간집 약국 앞에 서 있는데 골목 꽉 차게 놀고 있는 개구쟁이들 사이를 조심조심 걸어오는 경산 선생이 보였다. 그 옆에 역시 같은 나이 또래의 노인이 따라 걷고 있는데 그 노인은 개구쟁이들이 차는 공을 받아 차주기도 하고 손으로 던져주기도 했다. 그런데 그 동작이 민첩하기가 청년이나 다를 바가 없었다.

경산이 가까이 왔을 때 내가 인사를 했다.

그러자 경산은 조금 뒤에 처져 있던 노인을 기다리고 있더니 나를 그에게 인사시켰다.

“이 사람은 정람이란 이름의 내 친구일세. 성은 동씨, 동녘

동의 동씨東氏니 희성이 아닌가."
하고 나에 관한 소개는,
"소설을 쓰는 이 군이다. 앞으로 좋은 얘기 상대가 될 걸세."
하는 것이었다.
정람은 생긋 웃으며 내게 악수를 청했다.
노인답지 않게 부드럽고 따뜻한 손의 감촉이었다. 중절모 밑
으로 비집고 나온 반백의 머리가 철사처럼 강하게 빛났고 검게
탄 얼굴은 높은 콧날로써 이국적인 인상을 풍기고 있었다.
그 인상을 허술한 베이지색의 바바리코트가 더욱 강조하고
있었다.
"정람은 당분간 우리 집에 묵을 테니까 놀러 오게."
해놓고 경산은 정람을 데리고 비탈진 골목길을 걸어 올라
갔다.

나는 십사, 십오 년 전의 그 정경을 어제 일처럼 기억하고
있는데 기억이 그처럼 새로운 것은 그에게서 받은 인상이 나
를 이상한 상상의 세계로 이끌었기 때문이다.
나는 경산과 함께 골목길로 사라져간 그에게서 19세기 러시
아 소설에 등장하는 노테러리스트의 모습을 상상했던 것이다.
그런데 그게 이상하지 않을 수 없었다. 그의 생긋 웃는 얼굴은
구김살 없는 동안이었고 그 눈은 비둘기의 눈처럼 유화스러웠
는데 어째서 테러리스트를 연상할 수 있었던가 말이다.
그 이튿날 아침, 나는 아침밥을 먹기가 바쁘게 담배 몇 갑과

경산이 상용하는 소화제를 사 들고 경산의 집을 찾아갔다. 경산은 방문을 열어놓고 문턱에 걸터앉아 있었다.

정람의 모습은 보이질 않았다. 나는 담배와 약봉을 꺼내놓고 마루에 걸터앉았다.

경산의 말이 있었다.

"이 군, 오늘 나허구 창경원에나 같이 가볼 생각 없나?"

"창경원엔 뭣하러 가시렵니까."

"창경원에 사자 있지?"

"있지요."

"그런데 그놈들은 내가 갈 적마다 자고 있는 거라. 한 번도 깨어 있는 걸 못 봤어. 몇 번을 가도 그 모양이야. 오늘도 그런가 하고 가보고 싶어."

"사자 낮잠 자는 구경 가자는 말씀이십니까."

"말을 그렇게 해버리면 멋대가리가 없어지네만…… 세상에 사자처럼 게으른 놈도 드물 거야. 백수의 왕?"

하고 껄껄 웃으며 경산은

"사자가 새끼를 교육시키기 위해 천인의 절벽으로 차 떨어뜨린단 말은 말짱한 거짓말 같애. 놈들은 먹이가 아까워 새끼들을 없애버리려고 한 것 뿐야."

경산은 가끔 이런 엉뚱한 소리를 해선 사람을 놀라게 하는 것이지만 그날 아침의 사자 애기는 더욱 엉뚱스러워서 물었다.

"왜 하필이면 사자 애깁니까."

"흠."

하고 빙그레 웃곤 경산이 한 말은

"정람을 생각하고 있었더니 창경원 사자가 뇌리에 떠올라."

"참, 정람 선생은 어디에 가셨습니까."

"친구 집에 짐을 맡겨 두었다는구먼. 그걸 찾으러 갔어. 내일쯤 오겠다고 하고 나갔는데 와봐야 온 줄 알지."

"사자와 정람 선생관 무슨 관련이 있습니까?"

"관련이 있긴, 아무런 관련도 없어."

"그런데 왜."

"정람의 속을 알 수가 없어. 그 속을 알 수 없는 게 창경원 사자 속을 모르는 것허구 일반이야. 왜 그놈들은 자꾸 잠만 자는지 알 수가 없어. 사자를 관리하고 있는 사람에게 물었더니 글쎄, 하루 스물두 시간을 잔다고 하지 않는가. 먹을 때만 눈을 뜬다 이거라. 참 어이가 없어서."

"정람 선생도 잘 주무십니까?"

"어럽쇼. 그자는 너무 잠이 없어서 탈이야."

나는 뭐가 뭔지 모르게 되어버렸다. 그래 캐물었다.

"정람 선생은 어떤 분입니까?"

"정람이 어떤 사람이냐고?"

경산 선생은 중얼거렸다.

그리고 씨익 웃으며 한다는 소리가,

"사람을 설명하기란 힘드는 얘기여. 그런데 모두 그렇게 묻거든. 어떤 사람이냐고. 참으로 어리석은 질문이야. 나는 소설가쯤은 그런 질문 안 할 줄 알았지."

경산의 말은 깊은 함축을 가진 것이다. 그러나 가만있을 순 없었다.

"궁금하니까 묻는 것 아닙니까."

경산은 곧 대꾸를 않고 이제 막 내가 갖다 놓은 담배를 집어 들어 봉을 뜯더니 한 개비를 뽑아 입에 물었다. 얼른 라이터를 켜드렸다.

경산은 담배를 맛있게 한 모금 빨아 연기를 내뿜곤

"바로 어제다. 친구를 만났더니 그 친구 나더러 하는 말이 칠십 세를 넘겼으면 담배쯤 끊어버리라는 거야. 건강에 해롭다구."

"그래 뭐라고 하셨습니까."

"걱정 말라고 했지. 없으면 안 피우고 있으면 피운다구. 내가 돈을 주고 담배를 사서 피운 적이 없다는 말도 했지. 내가 생각해도 무던해. 스무 살 안팎에 시작한 담밴데 오십 년 동안을 담배 한 갑 사는 법 없이 피워왔으니 말야."

그리고는 내 손에서 라이터를 받아 들더니 이리저리 뒤져 보곤

"이 라이터 여기 두고 가세."

하곤 라이터를 이제 막 봉을 뜯은 담뱃갑 위에 놓았다.

"이렇게 같이 놓아두니 구색이 맞는구먼."

"라이터를 드리는 건 좋지만 또 잃어버리시려구요."

나는 그때까지 몇 개의 라이터를 경산에게 제공했는지 모른다. 그런데 사흘쯤 후에 보면 라이터가 없어져 있는 것이다.

"난 라이터 잃어버린 적 없어."

"그럼 라이터를 모두 어떻게 하셨습니까."

"줬지."

그 말을 듣자 생각나는 일이 있었다. 우리 집 근처에 지게 품을 파는 황 씨란 사람이 있는데 어느 날 그가 나를 찾아와서 나더러 사라고 라이터를 내밀었다. 보니 며칠 전 경산에게 내가 준 라이터를 닮아 있었다. 나는 그 말을 할까 하다가 말고 돈이 없어 못 사겠다며 돌려보냈다.

"혹시 지게꾼 황 씨에게 라이터를 주신 적이 있습니까?"

"황 씨?"

"코끝이 살짝 곰보로 얽어 있는 사람인데요. 요 아래서 사는."

"음 그런 일이 있었던 것 같애."

하고 이런 말을 했다.

"그게 언제더라? 그 사람이 어깨를 축 늘어뜨리고 빈 지게를 지고 골목을 들어서는 걸 봤지. 왜 그렇게 기운이 없느냐고 물어봤지. 그날은 전연 벌이가 없었다는 거야. 점심도 굶고 남대문역에서 꼬박 하루를 서성거렸는데도 손님이 없었다는 거지. 그래 겨 한 되 살 돈도 없다는 거야. 겨는 사서 뭘 하느냐고 물었더니 그걸 갖고 죽을 쑤어 요새 연명하고 있다고 하잖나. 겨 한 되 얼마냐고 물었지. 십 원 한다드먼. 십 원짜릴 찾아봤으나 있어야지. 그래 라이터를 줘버렸지. 이걸 팔면 쌀 한 되 값쯤은 될지도 모른다며."

"쌀 한 되 값이 뭡니까. 그 라이터 값으로 쌀 한 말도 더 살 수 있을 겁니다."

"흠, 그래?"

하곤 경산이 장난스러운 표정이 되었다.

"잘 팔리지도 않는 소설을 쓰는 사람이 어떻게 그런 비싼 라이터를 샀지?"

"친구로부터 뺏은 겁니다. 제가 뭐한다고 그런 라이터를 사겠습니까?"

"그렇다면 자네나 나나 아랑군 피랑군이로군. 헌데 이 라이터는 얼마짜리쯤 될까?"

"그건 싸구렵니다."

"싸구려라도 쌀 한 되 값이야 되겠지."

"그 정도야 되겠죠."

경산은 라이터를 한 번 들어보고 다시 놓았다.

"정람 선생 얘기는 어떻게 됐습니까."

하고 재촉했다.

"정람의 얘기를 하려면 한량이 없지. 내가 알고 있는 것만으로도. 그런데 내가 모르는 부분이 더 많을 테니까. 섣불리 얘기를 꺼내놓기가 거북하구나."

"대강이라도 좋습니다."

"여기서 나와 같이 당분간 있게 될 테니까 본인의 입으로 직접 듣게."

"성격이 어떻습니까?"

"글쎄."

하고 눈을 감고 한동안을 생각하더니 경산이 뚜벅 말했다.

"욕심이 전연 없는 사람야."

"선생님처럼요?"

"나? 나는 정람에 비하면 속물이다. 난 그완 비교도 안 되지. 나는 속물이라서 라이터도 탐하지 않는가. 그런데 정람에겐 그런 것도 없어. 그처럼 욕심 없이 살아가는 사람이란 이 세상엔 드물걸?"

"그럼, 마하트마 간디와 같은 분이구먼요."

"간디?"

하더니 조금 사이를 두었다.

"간디와도 다르지. 간디는 사람을 죽여선 안 된다. 폭력은 안 된다는 사상의 소유자지만 정람은 그렇지가 않아."

"사람을 죽일 수 있다는 겁니까?"

"간단하게 그처럼 말할 수야 없지만 아무튼 그런 얘기는 본인에게 직접 듣게. 서툴게 해석했다간 큰 오해가 있을 수 있는 거니까."

"고향이 어디시죠?"

"고향이라면 부조父祖가 오래 살던 고향을 말하는 건데 그것은 그도 잘 몰라. 정람이 지각이 들었을 땐 하얼빈에 있었다니까."

"하얼빈이면 만주의 하얼빈 말이죠?"

"그렇지."

"하얼빈에서 자랐단 말씀이군요."

"그렇지. 헌데 정람은 부모를 몰라. 고아로 자란 거지. 정람을 키운 사람은 하얼빈의 러시아 정교교회의 신부였다고 하더만. 그러니까 그 사람은 어려서부터 러시아 말을 익히며 자란 사람이야."

"그럼, 러시아 말을 잘 하겠네요."

"물론이지. 러시아 문학에 조예가 깊어."

"부모를 모르고 고아로 자랐으면 한국인이 아니었을지도 모르는 것 아닙니까."

"러시아인인 신부가 일러준 거지. 넌 한국인이라고."

"성이 동씨란 것도 이상하네요."

"그것도 신부가 지어준 거야. 이왕 한국인으로서의 성을 가지려면 동가로 하라고. 그 러시아인 신부는 한국인의 성씨에 관한 지식이 없었던 모양야. 한국인의 성씨엔 별의별 글자가 다 있지만 동녘 동 자는 없거든, 동방씨東方氏는 있어도. 덕택으로 정람은 전무후무한 성을 갖게 된 거지."

"전무할진 모르지만 후무하다고는 볼 수 없지 않습니까. 정람 선생에게 아느님이 계시면."

"앞으론 모르지. 그러나 지금은 자식이 없어."

"호적은 어떻게 돼 있는 겁니까?"

"그런 사람에게 호적이 있을 까닭이 있나. 그러나 육이오 후에 가호적을 만들었지. 본적을 나와 같이 충청도로 하구. 그러니 유일 성 동씨로 남아 있는 셈이야. 천상천하. 뭐 어쩌고 하는 말이 있다지만 정람이야말로 천상천하의 유아독존인 셈이야."

"이제까진 어디에서 사셨습니까?"

"살긴 그저 각지를 쏘다닌 거지."

"먹긴 뭘 먹구요."

"밥을 먹었겠지. 굶을 때도 있었을 테구."

"구걸하는 겁니까?"

"그걸 구걸이라고 할 수 있을까. 정람은 통소를 잘 불어. 배가 고프면 통소를 불어 끼니를 얻고 잘 곳도 얻구. 자기로선 예술가로 자처하고 있으니까 구걸한다는 생각은 없을 거야."

"일종의 기인이라고 할 수 있겠네요."

"기인?"

하고 경산이 다시 담배를 피워 물었다.

"하여간 그의 통소 소릴 듣기나 해보게."

내 가슴에 정람 선생을 기다리는 마음이 고였다.

일주일쯤 지나서였다.

바깥에서 돌아와 세수를 하고 무료히 앉아 있노라니까 경산 선생 댁에서 일하는 아주머니가 나를 찾아왔다.

"선생님이 오시라는데유."

아주머니의 충청도 사투리는 느린 정도가 아니라 길게 뻗는다.

"무슨 일이 생겼어요?"

20

"아아니라아유우. 친구 분이 오시었시유."

"정람 선생?"

"그런가 바아유우."

나는 웃옷을 걸치고 마루에서 내려섰다.

"쇠주를 두우 병쯤 사 가지고 오시라던데유."

앞집 구멍가게에서 소주 세 병을 사서 아주머니에게 들리고 나는 오징어포 등을 싸 들고 경산 선생 집으로 올라갔다.

정람의 눈초리엔 잔주름이 많았는데 그것은 미소가 그냥 새겨진 듯한 부드러운 인상이다.

앙상해진 백발로 보면 팔십 세를 벌써 넘긴 것 같지만 적동색의 건강한 얼굴빛으로 봐선 오십 대라고 해도 통할 것 같다.

술병을 따놓고 잔치가 시작되었는데 경산은 마른 오징어를 보자,

"누굴 빈정댄 것 아닌가?"

하고 웃었다.

정람의 치아는 단단한데 경산은 그렇지 못했던 것이다.

"선생 몫으로 이것."

하며 따로 싸 가지고 간 생선묵을 꺼내놓았다.

"소설은 변변찮아도 사람 하나는 좋지."

경산이 잔에 부어진 소주를 단숨에 비우고 생선묵 한 쪽을 씹었다.

정람은 그 깡마른 오징어를 소년처럼 씹어 돌리고 있었다. 그러니 물어볼 마음이 생겼다.

“선생님의 춘추가 얼마나 되십니까.”

“생년이 언제인지 알 수가 없으니 나이를 정확하게 알 수가 있어야지.”

하는 정람의 말을 받아 경산이 익살을 부렸다.

“얼굴로 봐선 십칠, 십팔 세나 될까.”

“나도 그쯤으로 생각하고 있어.”

하고 정람도 웃었다.

“경산 선생님의 말씀으론 정람 선생께선 러시아 문학에 조예가 깊으시다고 하던데요.”

“러시아 문학? 즐겨 읽긴 했지만 조예랄 것은 없소. 경산의 말은 항상 두세 배는 부풀어 있으니까 그대로 믿으면 안 돼요.”

“대강 어떤 작가를 즐겨 읽었습니까.”

“나는 약간 괴짜라서 그런진 몰라도 톨스토이니 도스토옙스키니 하는 사람들의 소설은 마음에 맞질 안해요. 자그마한 작가. 예를 들면 가르신이라든가, 아르치바셰프라든가 그런 작가가 좋아.”

“고리키는 어떻습니까?”

“너무 우등생의 답안 같애. 그의 휴머니즘이란 게 그런 것 아닐까? 질이 좋은 우등생의 모범 답안 같다, 이 말이오.”

“그러나 그 사람의 인생적 굴곡은 엄청나지 않습니까. 거지로부터 대작가까지의 진폭이 있으니까요.”

그러자 정람은 “헷헤” 하고 묘한 웃음소리를 냈다.

"자네의 그 웃음소리 들으면 술맛 떨어지네."

경산이 익살을 섞었다.

"내가 웃는 것은 고리키 때문이다. 그 사람을 들먹이면 꼭 그런 웃음이 나는 걸 어쩌나."

"그 이유가 뭡니까."

"보기에 따라선 위대한 작가, 위대한 사상가가 되기 위해 고리키만 한 환경은 없어. 그런데 그는 그런 기막힌 환경 속에 있으면서도 인생의 진실을 맛보지 못하고 수박 겉핥기로 그 좋은 재능을 망친 거라. 기껏 우등생의 답안 같은 휴머니즘을 떠냈을 뿐이거든."

나는 정람이 무슨 말을 하고자 하는가를 어렴풋하게나마 짐작할 수가 있었다. 그래 다음과 같이 물었다.

"특히 좋아하시는 작가는 누굽니까."

"꼭 하나만 들먹이라고 하면 사빈코프, 펜 네임은 롭신."

"사빈코프라면 그 테러리스트?"

"그렇지. 그의 작품으론 《창백한 말》, 《검은 말》《테러리스트의 수기》란 것이 있지."

"테러리스트 수기라는 뜻 이상의 문학적 가치가 있는 겁니까."

"글쎄, 가치라는 것은 읽는 사람이 만들어내는 것 아니겠소. 나는 사빈코프를 읽고 인간이란 것, 사상이란 것, 정치라는 것, 그리고 문학이란 것을 알 것만 같았소. 얼마간의 핵 체험으로 픽션으로서 엮은 문학은 물론 그것으로서 예술적인 가치는 가졌겠지만 넘칠 듯한 체험을 천 도 이천 도로 끓여 정류해놓은 것 같은 기록에 비하면 박진력에 있어서 어림도 없는 것이오. 하여간 나는 사빈코프를 기막힌 자라고 생각하오. 그에겐 문학자란 말로썬 감당하지 못할 혁명가로서의, 테러리스트로서의 면목이 있지만 지금 그런 것은 전부 박리되어 버렸고 기록자, 즉 문학자만 남아 있는 것이오."

"선생님은 지금 그 책을 가지고 있습니까."

"물론 가지고 있소. 저 안에."

하고 때묻은 보스턴백을 가리켰다.

"러시아어겠죠?"

"물론이오."

"어떻습니까. 그 책을 번역해서 출판할 의향이 없으십니까."

"출판해서 뭣하게요."

"그렇게 좋은 책이라면 우리나라의 독자에게도 많이 읽혀야 하지 않겠습니까."

"그건 또 문제가 다르지."

하고 정람은 다음과 같이 말했다.

"나에게 감동적인 작품이 남에게도 감동적일 것이라고는 생각하지도 않거니와 그의 작품엔 너무나 많은 독이 있소. 복어와 꼭 같소. 능란한 요리 기술이 겸해 있지 않은 독자가 그걸 읽으면 전혀 맛을 모르고 지내버리든가, 아니면 중독되어서 죽습니다. 나는 지금 이 나라의 독자들에게 그 작품을 읽힐 단계가 아니며 그럴 필요도 없다고 생각해요."

"소수의 독자를 위한다는 뜻도 있지 않겠습니까."

"그건 창작을 하는 사람, 자기의 독창적인 사상을 펴려는 사람에게 합당되는 말이겠죠. 기껏 번역할 능력밖에 없는 사람이 그런 거창한 마음을 먹을 수 있겠소."

나는 정람 선생이 범상한 사상가가 아닐 뿐 아니라 새로운 센스를 가진 사람으로 보았다.

"선생님의 말씀을 들으니 더욱 그 작품을 읽고 싶습니다."

"꼭 읽고 싶거든 러시아 말을 배우도록 하시오."

정람은 농담기라곤 없는 말투로 이렇게 말하고 사빈코프란 인간에 관한 설명을 다음과 같이 요약했다.

"사빈코프는 어떠한 상황 속에서도 혁명의 필요만을 느낀 사람이오. 러시아의 제정을 넘어뜨리는 혁명 대열에 서서 혁명에 헌신했고 소비에트가 되고 나선 소비에트를 넘어뜨리려는 대열에 서서 혁명하려고 한 사람이오. 얄팍한 인간들은 자본가와 노동자 사이의 치열한 전투에 끼어 때론 자본가의 편에 서기도 했다가 때론 노동자의 편에 서기도 한 프티 부르주아 계급의 전형적 대표자라고 평하지만 그건 진실의 표면만을 보는 것이오. 자본가니 노동자니 하는 계급관 관계 없이 혁명적인 정열이란 것이 인간에겐 있는 것이고 이 정열이 발동하면 그 생애는 혁명적 투쟁의 생애일 수밖에 없다는 인간의 진실을 몸소 체험한 것이 사빈코프이며 그것을 기록한 것이 그의 문학이오……."

경산도 지그시 눈을 감고 듣고 있다가 이 대목에 이르자 말을 꺼냈다.

"그런 심각한 이야기는 조금씩 할 양으로 미루어두고 정람, 피리나 한 곡 불게."

"나도 그렇게 할 참이네. 조금 씨부렁거렸더니 침이 쓰게 됐어."

하고 보스턴 백을 끌어 당기더니 오죽烏竹의 막대같이 보이는 피리를 꺼냈다.

정람의 통소는 사람의 소리로 치면 바리톤의 최저음으로부터 시작되었다. 나는 가느다란 오죽을 닮은 그 통소에서 어떻게 그런 저음이 나오는가 하는 이상한 생각을 가졌으나 곧 그런 의식마저 잊어버렸다.

땅 깊은 곳에서부터 울려나오는 영탄이라고나 할까. 아무튼 오랜 세월을 두고 쌓이고 쌓인 회상이 한 줄기의 가락이 되어 서서히 흘러나오는 느낌으로 점차 내 마음을 사로잡기 시작하는 그 과정이 눈에 보이듯 하는 것이었다.

단조로운 저음이 불러일으킨 감동이 고저의 변양을 엮어나갈 무렵엔 완전한 황홀감으로 변했다.

그 가락 속엔 바흐가 있는 듯도 했다. 하이든이 있는 듯도 했다. 모차르트가 있는 듯도 하고 귀에 익은 슈베르트가 있는 듯도 하고 심지어는 그리그마저 있는 듯했다. 그러면서도 그 모든 것이 아닌 것은 리피트란 것이 없고 다양한 멜로디를 하나씩 모티프로써 끝까지 끌고나가는 그 박력 때문인지 모른다.

나는 드디어 공덕동 비탈의 판잣집에 어쭙잖은 소주잔을 앞에 하고 앉은 처지를 잊고 엑조틱한 감상에 젖어들었다. 그 기량에 대한 탄복을 느낄 겨를은 없었다. 거대한 오케스트라가 만들어내는 음량을 집약하여 한 줄기 단음으로써 심포니를 듣는 것과 같은 효과를 만들어낸 기량이었다고 생각하게 된 것은 퉁소 소리가 끝나고도 훨씬 뒤의 일이다.

그런데 또 내가 놀란 것은 경산 선생의 집을 둘러싼 집들의 뜰과 골목에 언제 어떻게 모여들었는지 넋을 잃은 듯한 표정의 사람들이 꽉 차 있었다는 사실이다. 모두들 그 기막힌 음악에 홀려 저도 모르게 모여든 것이었다. 뭐라고 감탄의 말도 못하고 있는데 경산이 선뜻 일어서며 정람의 중절모를 집어 들었다.

"여러분, 정람의 퉁소 소리를 들었으면 사례를 해야죠. 천재에 대해선 그만한 사례가 있어야 하는 법이오."
하고 그 모자를 뜰에까지 넘쳐 들어온 군중 앞에 서 있는 아낙네에게 건넸다.

모자는 손에서 손으로 건너갔다.

나는 멍청히 정람의 얼굴을 쳐다봤다. 정람은 퉁소를 흔들어 침을 뽑고 입에 대는 곳을 비롯하여 퉁소의 몸을 손수건으로 말끔히 닦아 혁대에 집어넣곤 자기 손으로 소주를 빈 잔에 따랐다.

그리고 맛있게 잔을 비우곤 흐뭇하게 웃었다.

그 웃음이 그렇게 천진할 줄이야! 나는 다시 한 번 감동했다.

어디까지 갔다가 돌아온 건지 중절모자는 묵직하게 동전, 백동전을 달고 돌아왔다. 그 더미 사이엔 지폐도 보였다. 경산은 그걸 받아 들고 방바닥에 밀어놓으며 중얼거렸다.

"정람이 며칠 먹을 식량이 생겼구먼."

섣불리 말을 했다간 그 감동이 사라질 것 같아 나는 가만히 앉았다가 술자리가 다시 어울릴 무렵이 되어서야 물었다.

"정람 선생님, 아까의 그 곡은 선생님이 작곡하신 겁니까."

"작곡?"

하고 정람은 씨익 웃었다.

"수십 년 살아오는 동안 기억 속에 잠겨진 가락들이 뒤죽박죽 되살아 난 것이지 작곡이랄 게 있겠소."

"그러나 기승전결이 확연한 것 같던데요."

"그렇다면 썩 잘된 편이었군."

"더욱이 도입부와 피날레가 시메트리對稱를 이루고 있는 게, 도저히 즉흥이랄 순 없었어요."

"시메트리를 아는 것 보니 이 군의 음악 감상력은 상당하군."

했을 때 경산이 한마디 끼었다.

"변변찮은 소설가라고 내가 말했다구 내 말을 그냥 그대로 곧이들었군그래. 이 군을 홑으로 봐선 안 되어."

"오늘 밤은 왜 이러십니까."

하고 나는 화제를 정람의 음악으로 돌렸다.

정람은 어릴 적에 들은 미사곡이, 특히 바흐나 헨델의 미사

곡이, 청각의 바탕에 스며들어 있다면서 퉁소를 입에 대기만 하면 그 미사곡의 분위기에 사로잡힌다고 했다. 그러고 보면 내가 그의 퉁소 소리에서 바흐나 하이든을 느낀 것은 그다지 틀린 감각이 아니었던 것이다.

"북구의 가락 같은 느낌도 있던 걸요. 특히 애조를 띤 부분이오."

했더니,

"그것은 잘못 들은 것일 거요."

하고 정람은,

"만일 애조가 두드러지게 나타나 있다면 그건 폴란드의 것일 거요."

라고 하며 먼 눈빛이 되었다.

"선생님과 폴란드와 무슨 인연이 있습니까?"

곁들어 물어보지 않을 수 없었다.

"있겠지. 있구말구."

경산이 대신 대답했다.

"경산 또 싱거운 소릴 하느먼."

정람이 언짢은 표정이 되었다.

"그 나이를 하구서 아직도 수줍은가?"

하고 경산이 껄껄 웃었다.

나는 정람과 폴란드의 관계를 알고자 호기심을 발동했다.

"그 얘기 하려무나."

경산이 정람에게 잔을 건네며 말했다.

"얘기할 건덕지가 있나. 내용이 없는걸."

정람이 한숨을 쉬었다.

"정람은 폴란드의 여성과 열렬한 사랑을 했었지. 퉁소를 배운 거도 그 여자한테서였지?"

경산이 정람의 마음을 끌 양으로 말했다.

"퉁소를 배운 게 아니라 음악을 배웠지. 폴란드 사람들은 음악적이야."

정람이 정감에 서린 말투가 되었다.

폴란드의 음악가라고 들으니 파데레프스키의 이름이 생각났다. 피아니스트! 파데레프스키! 대통령(초대 수상이었으나 작품에서는 대통령으로 묘사되었다. ─편집자 주) 파데레프스키!

여간한 음악적 국민이 아니고서야 피아니스트를 대통령으로 모시겠는가!

나는 정람의 "폴란드 사람들은 음악적"이란 말을 그런 짐작으로 수긍했다.

그러나 정람은 그 이상 폴란드를 화제로 하지 않으려고 했다.

나는 이런 말을 해보았다.

"선생님 어떻습니까, 방송국에 나가시면. 텔레비전이나 라디오에 말입니다."

경산이 무슨 말을 하는가 하는 표정으로 나를 보았다. 정람은 들은 척도 안했다. 무안한 생각이 없지도 않아,

"선생님의 음악을 많은 대중들이 들었으면 합니다. 음악을 한답시고 떠들어대는 사람이 엄두도 내지 못할 기막힌 음악이

시정市井에 있다는 것을 알리는 것만 해도 대중들에겐 얼마나 좋은 일이겠습니까."
하고 말을 꾸몄다.
　경산이 정색을 했다.
　"이 군은 걸핏하면 대중, 대중 하는데 이 군은 도대체 대중을 어떻게 생각하고 있는가. 대중이란 건 사기꾼·독재자·야심가 들의 미끼가 되는 재료가 아닌가. 언제 대중이 대중다운 의사를 관철해본 일이 있나? 대중이 어쩌다 선동자의 선동을 받고 날뛰어진 홍수와 같은 위세를 부릴 적이 있긴 하지만 그 때 뿐야. 사기꾼야. 야심가들의 공범이 되고 말지 않았는가. 이 군은 대중에게 무슨 환상을 가지고 있는 모양이지만 그 환상에서 깨어나는 곳에서 문학이건 뭐건 시작해야 할 걸세. 대중은 허무한 거야. 일제 때 고관대작을 한 사람, 자유당 때 장관을 한 사람들을 그런 경력만으로 중요시하고 있는 게 대중이란 말여……."
　"그러나 대중을 무시하곤……."
　"이 군이 하고자 하는 말을 모르는 바는 아녀. 하여간 대중에 대한 환상을 버리는 곳에서 사회에 대한 인식을 바른 방향으로 이끌 수 있는 거다. 정람이 훌륭하다면 그런 점에 있어서다. 정람은 철저하게 대중을 믿지 않아. 접근하지도 않구."
　"대중을 조종하거나 속일 생각이 없으면 대중에 접할 필요는 없지."
　정람도 한마디 했다.

나는 그 두 분의 대중에 대한 불신을 심정적으론 이해할 것 같았지만 논리적으론 승복할 수가 없다고 생각했으나 그런 의견을 제출하는 건 삼갔다. 이때 경산의 말이 있었다.

"그보다 이 군, 정람을 만난 김에 레닌에 관한 이야기나 들어두게. 이 나라에 별의별 사람이 많지만 현재 살아 있는 사람으로서 레닌을 만나 본 사람은 정람밖엔 없을 테니까."

정람의 절묘한 퉁소 소리를 들은 이튿날 아침, 잠결에 있는데 누군가 깨우는 사람이 있었다.

경산 선생이었다.

산책길에 들렀다면서 내게 다음과 같은 귀띔을 했다.

"정람으로부터 어떻게 하건 레닌에 관한 얘기를 들어두게."

"선생님의 분부가 있으면 말씀해주시지 않겠습니까?"

"그건 그렇게 안 돼. 그 사람의 고집은 대단하거든. 웬만한 일이면 묻는 대로 곧잘 대답을 하는데 폴란드 여성과의 연애 사건과 레닌에 관한 얘기는 절대로 안 하려고 들어."

"그건 왜 그러실까요."

"레닌의 이름만 들먹여도 공산당으로 오인받을 염려가 있대서 그러는 것 아닌가 해."

"정람 선생쯤 되는 어른도 그런 신경을 쓰실까?"

"정람은 공산주의자완 전혀 반대의 극에 있는 사람야. 그런 사람이고 보니 공산주의란 의심을 받는 것만으로도 불쾌한 거야."

"그렇다면 레닌을 비판적으로 말할 수도 있을 것 아닙니까."

"그런데 그게 또 그렇게 안 되는 모양야. 정람은 레닌에 대해서만은 특별한 감정을 가지고 있는 것 같애."

"상당히 델리킷하구먼요."

"델리킷하지. 공산주의는 부정하면서 공산주의의 우두머리인 레닌에 대해선 애착을 가지고 있다는 건 확실히 델리킷해. 그러니까 내가 이 군에게 권하는 거야. 그로부터 레닌 얘기를 들어두라구. 그 얘기는 역사적인 흥미도 있으려니와 인간 인식에 관해 참고될 만한 교훈도 있을 거야. 사상과 인간의 문제도 있을 거구."

"전 그것보다는 폴란드 여성과의 연애 사건을 알고 싶은데요."

"잘만 하면 그것도 알아낼 수 있을 거야. 아무튼 무슨 계략을 써서라도 레닌 얘기는 들어두게. 그것도 서둘러야 해. 훌쩍 어디로 떠나버리면 언제 다시 만날지 모르니까."
하고 경산은 끓여 내놓은 커피엔 입도 대지 않고 나가버렸다.

정람으로부터 레닌 얘기를 듣도록 하라는 그 말을 하기 위해 모처럼 오셨다는 데 나는 또한 특별한 흥미를 느꼈다.

아침밥을 먹고 경산 선생 집을 찾아갔다. 두 노인은 한가하게 앉아 무슨 얘긴가 주고받고 있더니 정람은 내가 들어서자 반겨주었다.

"선생님은 오늘 쭉 집에 계실 참입니까."
하고 정람에게 물었다.

“내 몸에서 물기가 빠졌기로서니 무슨 신명으로 집에 눌러 앉아 있겠소.”

하는 냉랭한 대답이었다.

“그럼 오늘은 어느 쪽으로 가십니까.”

“그건 왜 묻소.”

“선생님 가시는 곳에 같이 따라가보려구요.”

“그렇게 일이 없는 사람인가?”

“전 선생님과 하루를 보낼 수 있다면 대단한 일을 하게 되는 셈이라고 생각하고 있습니다.”

“허기야 정신병자와 같이 있어보는 것도 소설 공부가 되겠지.”

“정신병자란 또 뭡니까.”

“나는 나를 정신병자라고 생각하고 있으니까.”

“정신병자는 자기를 정신병자라곤 생각하지 않는다던데요.”

“자기가 정신병자임을 알고 있는 그런 정신병자도 있는 걸세. 예컨대 나처럼 말일세.”

“하여간 오늘 어딜 가실 작정입니까.”

정람은 잠깐 생각하는 듯하더니

“오늘은 곰을 찾아가보고 싶어.”

했다.

“곰을 찾아가겠다구?”

하고 경산이 크게 웃곤 덧붙였다.

“오래간만에 동족 생각이 난 거로군.”

"뭐래도 좋아. 난 오늘 곰을 찾아간다."

"그럼 동물원에 가실 작정입니까?"

"아냐, 천호동 어느 곳에 곰을 수십 마리 키우고 있는 데가 있어. 거길 가볼 참이오."

"천호동이라고 막연하게 말해도!"

"천호동에서 대양동으로 가는 도중에 있지."

"그렇다면 출발합시다."

하고 내가 재촉했다.

정람은 퉁소가 든 혁대를 허리춤에 차고 일어서며 경산에게 물었다.

"자넨 안 가겠지!"

"안 가겠어, 자네 동족에게 문안을 해야 할 필요가 없는 것 같으이."

경산이 씽긋 웃었다.

택시를 타자고 했는데 정람은 버스를 타자고 고집했다.

"애국지사를 모시면서 버스에 태운다는 건 제 체면에 관계되는 문젠데요."

해보았다.

"애국지사라니, 누가 애국지사란 말인가?"

"선생님이 말입니다."

"허허, 이 사람."

하고 정람은 씁쓸하게 말했다.

"난 애국한 일 없소. 터무니없는 말을 듣는 건 과히 좋은 기분이 아니오."

"일제에 협력하신 일은 없잖습니까."

"왜 없겠수. 적극적으로 반일 투쟁을 안 했다는 건 소극적인 협력으로 되는 거요."

나는 그 문제에 관해선 그 이상 언급하지 않기로 했다.

천호동으로 가는 버스를 탔다. 고 스톱에 걸리고 서너 발 가면 정류소가 있고 해서 지극히 느린 버스였다.

애기나 하며 그 지루함을 달래야 했다.

"선생님이 레닌을 만나신 것은 대강 어느 때쯤입니까."

"대강이란 건 없어. 날짜는 정확해. 처음에 만난 것은 1922년 1월 31일이었고 두 번째가 그로부터 일주일 후니까 1922년 2월 7일, 세 번째는 두 달 뒤인 4월 15일, 그 밖에도 여러 번 만났지."

"그때 선생님의 나이는 얼마였습니까?"

"지금도 모르는 나이를 그때 어떻게 알았겠어."

하다가 창 밖을 지나가는 이십 대에 겨우 들어선 듯한 청년을 가리켰다.

"저쯤 나이는 되었을 거야."

"무슨 자격으로 만나셨습니까."

"처음엔 통역이었지."

"그 다음엔."

"레닌의 당당한 친구로서."

"무슨 말씀을 하셨습니까?"

정람은 바깥의 풍경을 내다보고 있더니 버스가 멎자 중얼거렸다.

"레닌 같으면 이런 버스 타지 않을 거요. 걸어갔으면 갔지."

"왜 그렇습니까."

"레닌은 바쁘게 움직이는 사람이오. 한시반시도 자기의 몸을 움직이지 않으면 견디지 못하는 그런 사람이오. 1분을 의자에 가만히 앉아 있지 못하니까, 책상에 걸터앉았다가, 의자의 팔걸이에 앉았다가, 창가에 가서 기댔다가…… 쉴 새 없이 움직이는 거야."

"그럼 일종의 병적 현상이 아닙니까. 정신 병리학적으로 말해 조울증 어느 편이 아니겠습니까."

"레닌이 정신병자란 말은 영광스러워. 그의 솟아오르는 아이디어, 넘쳐날 듯한 재기를 그의 육체가 감당을 못하는 거요. 그래 가만있을 수가 없는 거예요."

"레닌을 만나고 있을 때의 기분이 어떠했습니까."

"말할 수 없이 좋아."

"그 까닭은?"

"무슨 말이라도 하되 거짓말을 하지 않아도 되니까."

"그건 또 무슨 뜻입니까."

"그 사람 앞에 가면 누구이건 어린애가 되는 거요. 모든 것을 죄다 알고 사람의 마음을 꿰뚫어 보고 있는 사람 앞에서 애기를 꾸밀 수가 없지 않겠소. 그러니까 편하기 짝이 없는 거요. 조금도 감정을 수식할 필요가 없으니까."

"레닌으로부터 최대의 교훈은 뭐라고 생각하십니까."

"공산주의는 불가능하다는 거였소."

"……?"

"레닌과 같은 사람조차 감당하지 못하는 공산주의를 우리가 어떻게 감당할 수 있겠는가 하는 것을 나는 배웠소. 레닌에게 도 가끔 그렇게 말했지."

정람 선생은 그때의 추억을 쫓는 듯 먼 눈빛이 되더니

"레닌은 어이가 없었던 모양야. 다시 한 번 그 말을 해보라 고 하더만."

그래서 정람은 다시 한 번 또박또박 다음과 같이 말했다.

"인류가 공산주의를 감당할 수 없다는 것을 나는 선생님을 통해서 똑똑히 배웠습니다. 선생님과 같은 천재도 감당 못 하 는 공산주의를 감히 누가, 어떤 부류가 감당할 수 있겠습니 까."

그랬더니 레닌은 깔깔대고 웃더란 것이다.

"이어 레닌은 무슨 책을 읽느냐고 묻기에 책을 사 볼 돈이 없다고 답했지. 레닌은 그럼 자기의 서재에서 무슨 책이건 보 고 싶은 게 있으면 가지고 가라고 하더만. 나는 이웃 방에 가서 책을 뒤지다가 가르신이 쓴 《붉은 꽃》이란 책 한 권을 가려냈 어. 그 많은 책을 뒤지다가 하필이면 왜 그 책이냐고 하잖아. 나는 날씨도 춥고 해서 마음이 따뜻해지는 책이 우선 필요하 다고 했지. 그랬더니 레닌은 자기의 비서를 돌아보고 이렇게 정직한 청년을 만난 건 처음이라며 돈 얼만가를 가지고 오라고 이르더구먼. 그리고 나더러는 추운 날 마음을 따뜻하게 하려면 책보다는 돈이 아니겠느냐면서 웃었어……"

"그런 얘기를 들으니 레닌은 상당히 인간적이었구먼요."

하고 내가 말을 끼웠다.

"인간적인지 어쩐지 전체적으로 파악할 수 없지만 내게 대해선 그처럼 다정했어. 그러나 내가 이런 얘길 하지 못했던 것은 다소라도 레닌을 추어올리는 듯한 얘기를 하면 모두들 날 빨갱이 아니면 그 동조자로 보아버리려고 하기 때문이야. 사실로 말하면 나처럼 철저한 반공주의자는 없을 거라. 나는 공산주의자와 피나는 싸움을 했으니까. 그러나 정치적으로 사상적으로 반대의 진영에 있다고 해도 상대방의 장점과 단점은 분별해줘야 옳은 투쟁이 되는 것이라고 생각해. 동지라고 해서 모두 장점만 가지고 있는 게 아니고 적이라고 해서 모두 단점만을 가지고 있는 것이 아니니까."

하고 정람은 그 이상 레닌의 얘기를 하지 않으려고 했다.

— 한꺼번에 다 들으려고 설치지 말고 토막을 내서 천천히 들어줘.

하는 경산 선생의 충고가 생각나기도 해서 나는 화제를 돌렸다.

"선생님은 어릴 때 하얼빈의 러시아 정교의 주교 아래서 자랐다고 들었는데 그때의 얘기를 해주시죠."

"그 주교님의 이름은 세몰이라고 하셨는데 참으로 훌륭한 인물이었어. 그 인물에 대해선 천천히 할 기회가 있었으면 해."

하곤 정색을 했다.

"그보다도 나는 이 군에게 물어볼 게 있어."

"말씀하세요."

"이 군은 이 세상에서 가장 중요한 게 무엇이라고 생각하오."

이런 단도직입적인 질문처럼 사람을 당황케 하는 건 없다.

"글쎄요."

하고 나는 한동안 생각하지 않을 수 없었다.

"생각을 해야만 대답을 할 수가 있겠소?"

정람의 표정에 애매한 웃음이 있었다.

나는 더욱 당황했다.

정람이 말을 이었다.

"나는 문학자라고 하면 그런 질문을 받으면 언제이건 대답할 수 있도록 준비가 돼 있는 줄 알았어."

나는 자꾸만 곤란해지는 것을 느꼈다.

내 마음의 진실을 살큼 속이기만 하면 대답은 간단한 것이다. 예컨대 정의라든가, 진리라든가 하는 수월한 대답이 얼마라도 있다.

그런데 그렇게 되질 않으니 딱했다.

정람이 말을 바꿨다.

"당장에 대답할 수 없다면 그만한 이유가 있는 것 아뇨? 그 이유를 설명할 순 있겠지."

나는 되도록 정직하려고 애쓰면서 다음과 같이 말해보았다.

"추상적인 것, 즉 정의니, 진리니, 사랑이니 하는 걸 들먹이면 실재를 잡을 수가 없어 허망하고, 구체적인 것을 들먹이려니 그 수가 많아서 하나만을 꼬집어낼 수가 없구……."

"예를 들면?"

"어머니, 애인, 아들, 내가 가지고 있는 책, 문학에의 애착, 예를 들면 이렇게 많단 말입니다."

그러자 정람은 나의 손을 덥석 잡았다.

"진짜 문학을 하는 사람을 만난 것 같소이다."

나는 그 찬사에 또 얼떨떨했다.

정람은 웃으며 말을 이었다.

"내가 이 군을 시험해보았다고는 생각하지 마슈. 그런 질문은 썩 잘 안 하는 질문인데 이 군이 문학을 한다기에 물어본 거요. 이 군의 답을 듣고 나니 마음이 후련하오. 아까는 명색이 작가라고 하면서 그런 질문에 곧 답하지 못하는 것을 탐탁잖게 생각했는데 듣고 보니 가장 정직한 말인 것 같소."

"가장 중요한 것을 한마디로 말할 수 있다면 문학을 하고 있겠습니까? 철학자가 되었든지 아니면 바로 그것을 추구하는 전문의 길로 나섰든지 했겠죠."

"그래요 그래, 알 수 있을 것만 같애."

"소설가란 원래 이런 겁니다."

"그러니까 소설가가 필요한 것 아니겠소."

하며 정람은 호탕하게 웃었다.

"그럼 제가 묻겠어요."

하고 물었다.

"정람 선생님은 세상에서 가장 중요한 게 무어라고 생각하고 계십니까."

"나는 소설가가 아니니까 언제나 준비하고 있는 게 있지."

"뭡니까 그게?"

"놀라지 마우."

정람은 장난스러운 얼굴이 되더니 뚜벅 말했다.

"나의 퉁소."

나는 그 말에 하마터면 눈물을 쏟을 뻔했다.

"솔직하게 말하면 나는 나의 퉁소 이외의 것을 사랑해본 적이 없어. 정의, 나는 정의를 몰라. 하두 많은 정의를 보아왔기 때문에. 정의는 묘하거든. 그걸 실현하려고 들면 그 순간 악으로 변하는 거야. 사람을 죽이든 속이든 해야 하는 거더만. 진리도 마찬가지지. 저 세상에서의 진리는 이 세상에선 독이고. 이 세상에서의 진리는 저 세상에선 독이구. 사랑도 그래. 마음대로 안 되는 사랑을 소중하게 하면 뭘 해. 나라·민족? 나는 나라를 마음으로 소중하게 여길 만큼 나라의 혜택을 받은 적이 없어. 나는 나라 때문에 몇 번이고 그 죽음의 위협을 받긴 했지. 민족도 마찬가지야. 러시아의 혁명은 민족끼리의 혈투였어. 만주나 시베리아에서의 우리 독립군은 우리 독립을 방해한 적에 대한 투쟁이기에 앞서 동족끼리의 투쟁만을 일삼고 있었어. 오늘날 이 나라가 독립이 된 것은 독립지사들의 덕택만은 아니거든. 독립지사로서의 그들의 투쟁이 오늘날의 독립에 얼마만 한 보탬이 되었을까 하고 생각하면……"

나는 정람의 그런 논법엔 이의를 달지 않을 수 없었다. 서로가 서로를 죽이는 비극을 연출했든, 독립을 해야겠다는 기치가 소중하다는 것, 그 기치라도 있었기 때문에 민족의 체면이 섰다는 것, 그와 같은 의미를 말살했기 때문에 우리는 다시 비극을 겪어야 했다는 것 등등을 들먹이며 나는 나의 의견을 고집했다.

"그건 훗날의 토론 제목으로 남겨두고 내가 하고 싶은 말은 나의 통소의 중요성이오. 통소는 나의 생명이니까. 나를 속이지 않으니까. 나는 통소를 통해 비로소 나라를 사랑할 수가 있어……"

버스 정류소에서 20분쯤 걸어야 곰 사육장이 있다고 한다. 나는 천천히 정람의 뒤를 따랐다. 삼 척 사이를 두고 스승의 그림자를 밟지 않는다는 생각으로서가 아니었다. 어깨를 나란히 하고 걷기가 거북한 기분이었던 것이다.

앞서 가는 정람은 묵묵했다. 나도 묵묵할밖에 없었다. 나는 수변의 성색에 마음을 쏟으며 걸었다. 시울의 시기가 이득히 북쪽으로 그 불분명한 윤곽을 나타내고 있었고 남쪽 얼마 되지 않는 곳에서 남한산성의 뿌리는 시작되고 있었다.

쇠잔이라고 말할밖에 없는 양철 지붕의 집들이 잠시 단속斷續하다가 불규칙한 이랑이 말라붙어 있는 밭이 나타나기도 했다. 그런 길을 한참을 걷고 있었는데 정람은 마른 산울타리에

가서 서더니,

"어어이."

하고 소리를 질렀다.

저만큼에 있는 움막에서 작업복 차림의 사나이가 뛰어나왔다.

"선생님이세요?"

수염이 듬성듬성한 얼굴을 구기고 웃으며 그 초로의 사나이가 철조망을 이리저리 엮어놓은 문을 열었다.

수작으로 보아 그 사나이와 정람은 퍽이나 친숙한 것 같아 보였다.

"스탈린은 어때, 저번엔 감기가 든 것 같던데."

하고 정람이 앞장을 섰다.

"멀쩡해요. 그놈이 어떤 놈인데."

하고 사나이가 뒤를 따랐다.

나는 그들과 얼마간의 거리를 두고 천천히 걸었다.

사철나무가 있는 동산을 지나니 흡사 양돈사로 보이는 곳이 있었다.

동북으로 두 줄로 지어놓은 나지막한 슬레이트 지붕의 축사였다. 한 채가 20미터나 될까, 너비 2미터, 길이 3미터쯤으로 칸을 막은 곳에 칸마다 두 마리씩 곰이 웅크리고 있었다.

정람이 나를 불렀다.

"이 군 잘 보아두게. 여기엔 백여 마리의 곰이 있어. 체격·용모·성격이 각각 달라."

첫째 칸 곰을 가리키며,

"이건 체구가 작지? 우리나라를 고장으로 하는 곰이다. 뭐더라, 우리 국사엔 단군이 곰에서 나왔다고 하고 있다며? 그렇다면 우리의 선조가 아닌가, 우리 선조의 꼴을 잘 보라우."

하고 정람이 껄껄 웃었다.

그다음 칸에서 정람은 한참을 섰다. 그러곤

"이놈은 틀림없이 혼안령의 곰인데 곰 가운덴 가장 영리한 놈이다."

하고 중얼거리더니 몇 칸을 그냥 지나면서 이런 말을 했다.

"단군이 곰을 어머니로 하고 탄생했다는 얘기는 단군 자체가 공상적인 존재이니 한갓 공상일 수밖엔 없지만 그것을 신화로 볼 때 세계적인 연대성이 있소. 무슨 까닭인지 곰은 종교·신화·샤머니즘과 관계가 깊어. 물의 신이라고 하는 희랍의 아르테미스의 형상은 곰이야. 곰이 용을 타고 나는 얘기는 인도에도 있고 헤브라이에도 있고 유럽에도 있지. 중국 고대의 성군에 우禹가 있지 않소. 그 우도 우의 아버지 곤鯀이 죽어서 곰이 되었다는 말이 있지. 둘 다 치수에 공이 있었다는 인물들이 아닌가. 단군 신화도 우가 곰이 되었다는 말과 관련이 있을 것 같은데 어떨지. 중국의 옛날이야기에 사람의 마누라가 된 곰이 남편의 푸대접을 받고 물에 빠져 죽은 얘기가 있지. 하여간 물과 곰은 인연이 있는 것으로 되어 있어."

뿐만 아니라 정람은 곰에 대한 엄청난 지식을 피력했다.

사하라 이남의 아프리카·오스트레일리아·뉴기니아를 제

외한 세계 각국에 곰이 서식하고 있는데 그 종류는 대강 육속
六屬이라고 했다. 북극 지방에 사는 곰은 차타테코스, 북반부
산림에 사는 곰은 우루수스, 아시아 중부에 사는 곰은 셀레나
르크토스, 말레이 지방에 사는 곰은 헬라르크토스, 인도에 사
는 곰은 펠루루수스, 남미의 안데스에 사는 곰은 트레마르크
토스.

한 자 빼놓지 않게 메모하고 있는 나를 보자 정람이 말했다.

"동물이나 식물 이름을 메모해두는 버릇은 좋은 버릇이다."

메모를 끝내자 정람은 덩치가 큰 곰을 가리키며,

"저게 셀레나르크토스에 속하는 곰인데 내가 이름을 스탈린
이라고 지어주었지."

하며 빙그레 웃었다.

"아닌 게 아니라 스탈린을 닮았는데요."

하고 나는 탄성을 울렸다.

"외모만 닮은 게 아냐. 하는 짓도 닮았어. 비상하게 영리하
면서도 비상하게 어리석은 것까지 꼭 닮았거든."

"스탈린이 어째서 영리합니까."

"그놈은 영리해."

"레닌보다두요?"

"물론이지."

"그 이유가 뭡니까."

"레닌은 공산주의, 아니 사회주의가 어렵다는 것을 알았지
만 그 이상에 집착한 사람이야. 어떻게 하건 사회주의 국가를

만들어보려구. 그런데 스탈린은 출발점에서부터 그따위 이상을 포기해버렸거든. 사회주의 또는 공산주의는 인민을 지배하기 위한 명분으로 쓸 것이지 그것을 실현하려다가는 어느 놈에게 맞아 죽을지 모른다고 깨달았단 말야. 혁명은 황제로부터 지배권을 빼앗는 데 문제가 있는 것이지 달리 없다는 것을 안 놈도 스탈린이야. 정치의 묘체는 인민들을 효과적으로 감시하고 반대하는 놈은 죽여버리는 데 있다고 판단한 자가 스탈린이다.

그래서 그놈은 내란이 종식되고 레닌이 죽은 후로는 공산주의자와 사회주의자부터 먼저 죽이기 시작한 거다. 진짜 공산주의자, 진짜 사회주의자를 공산주의에 반대하는 놈이라고 처단해놓으면 당원이나 인민들 사이에 혼란이 생길 것이 아닌가. 자기들이 믿고 있었던 사상이 사회주의인 줄만 알았는데 그것이 아니었구나, 그럼 무엇이 사회주의이며 공산주의일까 하고 말야. 그때 스탈린은 선언한 거라. 내 시키는 대로, 내 말대로 하는 것이 사회주의니라, 공산주의니라 하구. 아무튼 스탈린의 본심과 사회주의와는 하늘과 땅이야. 이 군도 그의 행적을 살펴보면 잘 알 거다. 그런 대로 사회주의와 공산주의의 이름으로 수십 년 동안을 죽을 때까지 러시아를 지배했으니 영리한 놈이 아닌가."

그 말을 충분히 납득한 것은 아니지만 정람이 확고한 정치철학을 가진 사람이란 것만은 알 수가 있었다. 그래서 물었다.

"스탈린이 영리하다는 건 알 수가 있는데 어리석다는 말은 또 뭡니까."

"구구하게 설명할 필요가 있을까?"

하고 그다음 칸으로 옮기며 정람이 말했다.

"이건 레닌이다. 우루수스족에 속하는 곰이지."

아닌 게 아니라 아까의 곰처럼 덩치가 크진 않고 사람으로 치면 지성의 빛이 있어 보이는 곰이었다.

"이건 영리하고 어리석고 하진 않습니까?"

해보았다.

"영리하지, 어리석기도 하지. 그러나 순진한 데가 있어."

하고 정람은 언제 준비해온 것인지 포켓에서 햄을 꺼내어 레닌에게 던져주었다. 레닌은 넓적한 손으로 그것을 받아 구석으로 가더니 맛있게 먹기 시작했다. 정람은 눈을 가느다랗게 뜨고 그것을 지켜보고 있었다.

이어 차례대로 칸칸을 돌았는데 정람은 어느 곳에선 4, 5분씩 서고 어느 곳에선 그대로 지나쳐버리곤 했다. 나는 궁금함을 이기지 못해 다시 물었다.

"스탈린이 어리석다는 건 무슨 뜻입니까?"

"그는 자기의 권력을 지키기 위해 천만 명 가까운 사람을 죽인 놈이다. 그렇대서 그놈의 생애가 행복했겠나? 러시아에 유리한 게 있었겠나? 나라에도 자기에게도 불리한 짓을, 권력을 지키기 위해서만 그런 짓을 한 놈을 어리석다고 말하지 않고 누굴 어리석다고 하겠나."

나는 할 말을 잃었다.

그리고 말이 없더니 한길에 나서서 정람이 말했다.

"중국 요리 가운데 제일 값비싼 게 뭔 줄 아나? 모르지? 가르쳐줄까? 그건 곰 발바닥, 즉 웅장熊掌이라고 하는 거여."

천호동에서 압구정동 쪽으로 방향을 잡고 한강 둑을 걸으며 내가 물었다.

"선생님은 웅장을 잡수어보았습니까?"

"난 그런 것 안 먹어."

정람은 잘라 말했다.

"그런데 선생님은 특히 곰에 관심이 많으신 모양인데 무슨 이유라도?"

"곰만이 아녀. 나는 동물이란 동물엔 전부 관심이 있어. 그래 가끔 창경원 동물원에도 가지. 동물을 가만 보고 있으면 왠지 슬퍼져. 이 우주의 적막을 각각 동물의 형태로 만들어 놓은 것 같애. 동물을 보고 있으면 청호무성聽乎無聲이란 글귀가 생각나기도 하지. 무성, 즉 소리 없는 소릴 듣는 것 같은."

나는 정람의 그런 감상에 따라갈 수가 없어 듣기만 할 뿐이었다.

"이 군은 사자를 어떻게 생각하나?"

"글쎄요, 사자는 사자 아니겠습니까?"

"헌데 그 사자란 놈이 또 이상하거든. 그렇게 게으를 수가 없으니 말야. 사자가 백수의 왕이란 건 참으로 잘된 말이야. 왕은 게으를 수가 있거든. 사자가 백수의 왕이란건 관상학적인 얘기가 아니고 짐승들 가운데서 가장 게으르다는 뜻으로 왕이란 거여."

하고 정람은 사자에 관한 얘기를 늘어놓더니,

"이 군 이런 걸 생각해봤나."

하곤,

"사자와 곰은 십이지에 들지 않았는데 그 이유가 뭣일까 하고 생각하고 있는데 아직 파악을 못 했다."

고 중얼거렸다.

"자子는 쥐구, 축丑은 소구, 인寅은 호랑이구, 묘卯는 토끼구, 진辰은 용이거든. 이 세상에 있지도 않은 용은 십이지에 넣어놓고 덩치가 큰 사자와 곰은 빼버렸단 말야."

"그 많은 동물을 일일이 망라할 수가 없으니 적당하게 처리한 것이겠죠 뭐."

"아냐, 꼭 무슨 곡절이 있을 거라. 나는 한동안 이런 가설을 가져보았지. 곰은 우 임금의 화신이고 하니 동물의 서열에 넣지 못하고 사자는 백수의 왕이니 평민, 아니 평동물과 같이 할 순 없구 그래서 빼버린 게 아닌가 하는."

나는 어이가 없어서 웃었다. 팔십 세 가까운 노인이 유치원생들이 함 직한 유치한 소릴 하고 있으니 웃지 않을 수 없었던 것이다. 그러나 정람은 그런 나의 태도엔 아랑곳하지 않았다. 남의 감정에 대한 관심은 도무지 없는 어른인 것이다.

그래도 나는 정람의 비위를 맞추어주고 싶어서 다음과 같은 질문을 했다.

"선생님이 가장 좋아하시는 동물은 뭡니까. 역시 사자? 곰입니까?"

"사자와 곰도 좋아하긴 해. 그러나 가장 좋아하는 게 뭐냐고 물으면 호랑이를 칠 수밖에 없겠구먼."

정람이 텁텁하게 말했다.

"호랑이가 좋아요?"

내가 되물었다.

"그렇지, 호랑인 좋지."

하고 정람이 호랑이 얘기를 시작했다.

"호랑일 산스크리트어로선 비야그라, 힌두어로선 바그, 남쪽 인도의 타밀어로선 피리, 자바어로선 마참, 말레이어로선 리마우, 아랍어로선 니물, 영어로선 타이거, 프랑스어로선 티구르, 그 밖의 유럽어도 대강 이와 유사한데 거게 희랍어와 라틴어인 티그리스에 뿌리를 둔 거지. 그런데 이 티그리스란 말은 원래 페르시아어의 티구리, 즉 화살이란 말에서 나온 건데 호랑이가 달리는 양이 화살처럼 빠르다는 뜻이 있는 것 같아. 우리나라에도 호랑인 하룻밤에 천 리를 달린다고 하잖는가⋯⋯."

나는 멍청히 정람의 옆얼굴을 쳐다봤다. 그의 박식엔 정말 놀라지 않을 수 없었던 것이다.

압구정 근처, 제3한강교가 바라보이는 지점까지 오자 정람은 잠시 앉자고 하더니,

"오랜만에 호랑이 얘기를 하게 되니 신이 난다."

고 했다.

정람과 나란히 앉아 나는 얘기를 재촉했다.

"이시진李時珍은 호虎라고 하는 것은 호랑이의 소리가 '호우'라고 들린다고 해서 그 음을 딴 것이라고 하는데 호랑이의 별명 가운데서 대충大虫이란 게 있어. 진晉 양梁 이후의 책에 더러 나오지. 동물을 그 고유의 이름으로 부르지 않고 별명으로 부르는 풍습은 스웨덴의 특색이야. 이리豺를 묵자墨子, 회색 발, 금치金齒라고 부르고 곰을 할아버지, 금객琴客이라고 부르고 부활절 무렵엔 쥐, 뱀 등을 들먹이지 않는다는 거야. 우리나라에서도 시골 농부들은 쥐를 서생원이라고 하거든. 그들의 비위를 상하게 해서 피해를 입을까 봐 겁을 낸 탓이야. 이따위로 벵골에선 호랑이를 외삼촌이라고 부른다는구먼. 뱀 같은 모계 가족이라니까 외삼촌의 위엄이 호랑이를 방불케 할 만큼 강했는가 모르지……."

정람의 말은 한량이 없이 계속되었다.

중국에선 호랑이를 이이李耳라고 한다고도 했다. 한漢나라의 응소는 남군南郡의 이옹李翁이 호랑이로 둔갑했기 때문이라고 한다고 했는데 명明나라의 이시진은 이건 괜한 소리라고 배척하고 이이는 이아俚兒가 와전된 것이라고 했다는 것이다.

정람은 이어 《본초강목本草綱目》에 있는 대목을 인용하기도 했다.

ㅡ호랑이는 개를 먹으면 취한다. 개는 호랑이의 술이다.

호랑이는 양각羊角이 타는 연기를 싫어한다. 호랑이는 사람과 짐승에게 이기지만 고슴도치에겐 꼼짝도 못한다. 그러다가 정람은 무엇을 생각했는지 킥킥거리고 웃었다.

"뭣이 그렇게 우습습니까."

내가 물었다.

"고슴도치에겐 꼼짝 못 한다는 대목이 우습지 않은가. 이건 아마 관찰의 결과가 아니고 상상일 거야."

하고 정람은 이런 얘기를 했다.

호랑이는 배가 고팠다. 그때 마침 꼬물꼬물하고 있는 고슴도치를 만났다.

생각할 겨를도 없이 얼른 입안에 넣어버렸다. 그러자 고슴도치는 호랑이 아가리 속에서 전신의 바늘을 곤두세웠다.

호랑이는 기겁을 하고 아가리를 벌리고 뒹굴었다. 그 사이 고슴도치는 호랑이 아가리로부터 뛰어나왔다. 호랑이는 난을 피했다고 느끼자 있는 힘을 다해 뛰어 산 세 개를 넘었다. 원래가 잘 달리는 호랑이니 얼마나 빠르게 뛰었겠는가. 그래 이만큼 피해 왔으면 되겠지, 하고 어느 나무 밑에 앉아 한숨 돌리고 있는 그 나무가 공교롭게도 밤나무였다. 호랑이 꼬리가 나무통을 쳤던 모양으로 마른 밤송이가 호랑이의 눈앞에 툭 떨어졌다. 호랑이는 질겁을 하고 얼른 앞발을 꿇고 있으며

— 아까 등 너머에서 뵈었던 그 어른 아닙니까.

하고 조아렸다.

호랑이는 그 밤송이를 고슴도치로 알았던 것이다.

"그러니까 《본초강목》을 쓴 사람은 이 얘기에 힌트를 얻고 호랑이가 고슴도치에 대해선 꿈쩍을 못한다고 쓴 것이 아닌가

해."

하며 정람이 웃음을 머금었다.

이어 정람은 《연감유함淵鑑類函》이란 책이 있다며 그 가운데서 다음과 같은 말을 인용했다.

"호랑이는 소아는 불식不食이다. 아이는 어리석어 겁낼 줄을 모르기 때문이다. 또 취인은 먹지 않고 반드시 깨기를 기다려 먹는다. 깨어 사람이 겁내길 기다리는 것이다. 또한 남자를 먹을 땐 반드시 남근부터 먹기 시작하고 여자는 유방부터 먹기 시작하되 여음은 먹지 아니한다. 이와 비슷한 얘기가 16세기 레오 아프리카누스가 쓴 책에 있지. 아프리카에서 부녀자가 사자를 만났을 적엔 그 음부를 노출하면 사자는 시선을 돌리고 떠나버린다는 거야. 우리나라의 민화에도 있지 왜, 여자의 음부를 보면 호랑이가 도망간다는……."

나는 이 박람강기한 정람의 호랑이에 관한 지식에 다만 혀를 내두를 수밖에 없었다. 그리고 한편 그 탁월한 재주를 잡박한 지식에 빼앗겼다는 것은 재능의 낭비가 아닐까 하는 생각을 해보기도 했다.

나는 얼마 전 경산 선생으로부터 들은 사자 얘기를 상기했다.

"경산 선생은 사자를 좋아하시는 것 같던데요."

"경산이 사자를? 그건 또 금시초문일구나."

하고 정람이 웃음을 머금었다.

"그래서 경산 선생은 가끔 창경원에 가셨는데 항상 낮잠 자고 있는 사자만 보았지 깨어 있는 사자를 본 적이 없었답니다."

"짝사랑을 하고 찾아갔더니 님은 잠 깨지 않더라, 이 말이군."

"그런데 경산 선생은 사자와 정람 선생이 닮았다고 하더군요."

"그건 또 무슨 말인가?"

"속을 알 수 없다는 점이 닮았다는 겁니다."

"흐음."

하고 생각하는 빛이 되더니 정람이 중얼거렸다.

"사자의 속은 정말 몰라. 그 우람한 관상과 체구를 하구서 잠만 자꾸 자니 말이야."

"경산 선생이 궁금해하는 것도 바로 그 점이었습니다."

정람은 말없이 강줄기만 바라보고 있었다. 멀리서부터 크레인 소리가 울려왔다. 모래를 채취하는 기계의 소리다.

맑은 날씨인데도 시가 쪽의 하늘에 아슴푸레 공기가 검었다. 말하나마나 스모그이다.

정람이 뚜벅 말하는 소리가 있었다.

"청추淸秋, 서울에선 찾을 길 없고 한강 변에 앉아 모래를 캐는 소릴 듣는다? 우리 슬슬 가보지."

정람의 뒤를 따라 언덕길을 올랐다.

자동차의 내왕이 심해진 길을 나섰다.

"선생님 택시를 탑시다."

버스 정류소가 어디에 있는지 가늠할 수 없어서 한 소리였다.

"그렇게 하지."

정람의 승낙은 있었으나 빈 택시는 잡히질 않았다. 각종의 차량이 휙휙 바람 소리를 내며 지나갔다.

"바보스럽게 서서 기다릴 것이 아니라 걷기로 하자. 두 시간이면 종로쯤까지 갈 수 있지 않겠나."

하고 정람이 앞장을 섰다.

나는 아득하고 우울한 기분이 되었다. 차가 붐비는 긴 다리를 건너고 역시 차가 붐비고 사람이 붐비는 거리를 누벼 걸어서 종로까지 나갈 것을 생각하니 기가 꺾이는 기분으로 될 수밖에 없었던 것이다.

그런 기분을 눈치를 채기라도 한 듯 정람이 멈춰 서서 내가 그 옆에 나란히 되길 기다리곤,

"이 군은 만주에 가본 적이 있소?"

하고 물었다.

"없습니다."

"만주의 광야에 서면 아득히 허공 속으로 용해되어버린 지평선에 둘러싸이게 되지. 여름이면 우리 키 길이보다 크게 자란 고량高粱 때문에 시야가 막혀버리기도 하구. 그 광야를 방향만 잡아놓고 걷는 거야. 마차가 있나, 자동차가 있나. 일본 놈에게 붙들릴까 봐 기차를 탈 순 없구, 그렇게 걸어 나는 안동서 심양까지 걸어간 적이 있어.

적막광야의 고영孤影이지. 그러나 걷는다는 건 나쁘지 않아.

대지의 내음이 온몸에 배어들어 나 자신이 대지가 되는 기분
으로 되거든. 숨을 쉬면 그게 대지의 숨을 쉬는 거야. 땀이 나
면 대지가 흘린 땀이야. 고통이 일면 그건 대지의 고통을 고통
하는 거야. 아스팔트는 차를 굴리기 위해서 있고 흙은 걷기 위
해서 있어."

스쳐 가는 자동차의 소음 소리가 심해도 정람의 말은 또박
또박했다.

어느 사이 긴 다리를 건넜다.

"만주란 좋은 곳이야. 우선 그 넓다는 게 좋아. 일본놈들이
만주국을 만든 건 얼토당토않은 야심의 소치이지만 거게 한
가닥 로맨티시즘은 인정해줘야지.

산해관 이동의 땅, 승가리 이서以西의 땅을 널찍이 잡곤 거기
낙토를 만들어보려는 이상엔 나쁠 것이 없어. 이상에 불순한
야심이 섞이는 바람에 용납할 수 없게 되었다는 것도 우리가
하지 못하고 놈들이 했다는 데 우리의 감정을 자극하는 것이
있을 뿐이고 끝끝내 실현시킬 수 없는 짓을 했다는 데 과오가
있을 뿐, 그 상황, 그 정세 속에선 웅장한 꿈이었지. 오족협화五
族協和라는 깃발을 꽂아놓고 다른 사족을 지배하려고 한 것은
도국인島國人 근성의 한계를 보여준 것이지만 아무튼 대동아 공
영권이라고 하는 문제의 설정만은 좋았어."

정람의 애기가 여기까지 이르렀을 때 나는 반발하지 않을
수 없었다.

"일본의 침략을 타당하다고 하시는 겁니까?"

“타당하다는 게 아니라, 그 구상, 아니 문제 설정만은 좋다
는 얘기야.”

“그러나 그런 구상, 그런 문제 설정의 바탕에 뭣이 있었던가
는 이미 알려져 있는 사실이 아닙니까. 침략 근성 이외에 무엇
이 있단 말입니까. 물론 그럴듯한 명분과 이유를 내세우긴 했
지요. 하지만 그 모든 것이 추악한 야심을 분식하기 위한 레토
릭에 불과한 것 아닙니까.”

“나도 그런 걸 모르는 바는 아녀. 대동아 공영권이란 이름,
오족협화라고 하는 간판만은 좋았다는 얘기야.”

“선생님.”

하고 나는 불렀다.

“뭐가.”

정람이 새삼스럽게 불러보는 나의 태도가 이상했던 모양으
로 긴장한 표정이 되었다.

“선생님, 일본인이 내세운 대동아 공영권, 또는 오족협화 때
문에 아주 곤란한 사정이 되었다는 걸 모르십니까? 포부 있는
사람, 의욕 있는 사람, 양심 있는 사람들이 그 좋은 이데올로기
를 내세울 수가 없게 된 사정이 바로 거기에 있습니다. 이란 말
을 내기만 해보십시오. 모두 일본의 그것을 상기하고 처음부
터 들으려고 하질 않습니다. 뿐만 아니라 공영권 사상을 펴려
고 하면 양적으로 3분의 2는 비슷비슷한 논조로 되게 마련입
니다. 중요한 것은 다른 3분의 1의 부분에 있는 것이지만 3분
의 2가 비슷하면 다른 3분의 1은 보아주지도 않을 겁니다. 결

과적으로 말해 일본은 그들의 침략 근성으로 해서 동아의 천지를 유린했을 뿐만 아니라 대동아 공영의 사상 자체를 뿌리째 말살해버린 겁니다. 그래서 진정한 대동아 이론이 나타나기 위해선 앞으로 백 년쯤을 기다려야 할 지경이 된 겁니다."

"이 군의 말은 잘 알겠네, 알겠네만."

정람이 한숨을 쉬었다. 그리고 다음과 같은 말을 했다.

"이 군, 내 꿈을 얘기하지. 경산은 나를 무정부주의자라고 하지만 그리고 그게 사실이긴 하지만 기왕 내가 속해 있던 조직, 조직이랄 것도 아닌 서클이었는데 그 서클의 꿈은 극동에서 동남아에 걸쳐 연방을 건설했으면 하는 데 있었어. 명칭을 동남아연방이라 해놓고, 일본공화국, 한국공화국, 만주공화국, 화북공화국, 화중공화국, 화남공화국, 월남공화국, 타이공화국, 말레이공화국, 필리핀공화국, 인도네시아공화국을 그 연방 속에 흡수하는 거야. 정치 체제는 그 각 공화국에서 한 명씩을 선출해서 최고통치회의로 하기로 하고 국방과 외교를 일원적으로 하고 언어는 공통어 하나와 각 공화국어를 사용하도록 이른바 바이랭귀지二重言語 제도로 하구 말야. 인구와 식량의 일원적 기구를 두어 과밀 지대와 과소 지대를 조절케 하구 말야. 요컨대 대동아 전역이 하나의 나라로서 소비에트 연방, 미합중국, 유럽 제국, 아프리카 제국과 공존해 나가자는 거야."

"이상으로선 그저 그만입니다."

하고 나는 공감했다.

"이렇게 대치만 해갖곤 동양의 평화라는 건 없는 거야. 백인의 우월을 배제할 수도 없고 말야. 동양을 망치는 건 동양 내에 있어서의 내셔널리즘이야. 대국적 견지에 서서 이 내셔널리즘을 조정해야만 되지 않겠는가."

정람의 말엔 열정이 있었다.

"이 조그만 반도 하나도 통일을 못 하는데……."

내가 한 말이었다.

우리는 그 길로 관철동으로 나왔다. 가끔 내가 들르는 술집에 정람을 안내했다. 정람은 그런 곳에 와본 지가 꽤 오래되는 모양으로 숏 스커트를 입은 웨이트리스를 신기하다는 눈초리로 바라보곤 했다.

두세 잔 맥주를 마셨다. 마음이 풀리는 모양인지 정람은 시중을 들어주는 웨이트리스를 불러놓고 나이를 물었다.

"알아맞혀보세요."

하고 웨이트리스가 웃음을 머금었다.

어른이 묻는데 그런 반문을 한다는 건 정람의 상식엔 없는 일인지 몰랐다.

"나는 점쟁이가 아니라서 남의 나이를 알아맞힐 수가 없어."

정람이 겸연쩍어 하며 말했다.

"요즘 아이들은 나이를 가르쳐주길 싫어하는 모양입니다."

하고 나는 웨이트리스를 변명해주는 한편 그 아이에겐,

"어른이 물으시면 솔직하게 대답을 올려야 한다."

고 가볍게 나무라주었다.

“스물셋이에요.”

웨이트리스는 말하고 거북하다는 표정을 지었다. 그리고 저 편으로 가버렸다.

“꽤 깔끔하게 생긴 아인데 이런 델 나오진 않곤 생활이 안 될까?”

정람의 말은 수연했다.

“직업에 귀천이 없다는 의식이 아이들을 대담하게 하는 거 겠죠.”

그런 곳에 나오는 아이들을 나쁘게 말하기 싫은 나의 심정 이 시킨 말이다.

“이 군은 백계로인이란 걸 알지?”

“예, 압니다. 볼셰비키 혁명에 반대하고 러시아를 떠난 러시 아인 말이죠?”

“그렇지.”

“그런데 백계로인이 어떻단 말입니까.”

정람은 반쯤 남은 맥주 글라스를 비우곤 이런 말을 했다.

“준비 없이 고국을 떠난 그들에게 생계의 방도가 있겠는가. 요령껏 살아갈밖에. 대부분의 백계로인의 섦은 여자들은 창녀 로 전락하더만. 그런데 그 가운데 극소수는 굶어 죽을망정 창 녀가 되진 않았어.”

“선생님 저 애들은 창녀가 아닙니다.”

하고 나는 얼른 정람의 말을 막았다.

“저 애를 보고 하는 얘기는 아녀. 저 애들을 보니까 백계로인의 그 젊은 아가씨들 생각이 난 거야. 지금쯤은 모두 할머니가 되어 있겠지만……."

나는 정람이 그 옛날 사랑했다는 폴란드의 처녀를 생각하고 있는 것이라고 짐작했다.

"내 눈이 변했는가, 세상이 변했는가."

하고 정람이 중얼거렸다.

나는 잠자코 귀를 기울였다.

"젊은 계집애들이 모두 예뻐졌단 말야. 이 집에 있는 아이들만 해도 모두 미녀들이 아닌가. 옛날엔 이처럼 미녀가 많지 않은 것 같은데."

"요즘 젊은 애들이 예뻐진 건 사실입니다. 그것도 그저 바보스럽게 예쁜 게 아니라 개성적으로 예뻐요."

"개성적으로 예쁘다?"

정람은 알아듣기 거북하다는 표정을 지었다.

"지금 이 집에선 아이들이 모두 같은 옷을 입고 있지만 거리에 나가보세요. 젊은 여자 백 명이 지나가면 그 백 명이 입은 옷이 각각 다릅니다. 옛날 같으면야 어림이라도 있는 일입니까. 흰 저고리, 검은 치마를 기본으로 해서 불과 대여섯 종류로 구별되는 복장이었으니까요. 그런데 요즘은 전부 다릅니다. 백이면 백, 천이면 천……."

"그게 개성적인가?"

"일단은 그렇게 볼 수 있지 않습니까?"

"흐음."

하는 얼굴로 정람은 그 가게 안을 두리번거렸다.

이곳저곳 테이블마다 술잔의 응수가 있고, 애기가 오가고 더러는 왁자지껄 웃음소리도 일었다.

"모두들 무슨 얘길 하고 있는 걸까."

"각기 얘기가 있지 않겠습니까. 우리들처럼 말입니다."

정람은 말은 없이 고개만 끄덕끄덕하고 있었다. 뭔가 새로운 감회가 솟는다는 그런 기분이었다.

그리고 정람은 문득,

"이 집에 들어오자마자 기분이 좋아진 원인을 이제사 알았다."

고 했다.

"뭡니까?"

정람이 귀를 기울이는 포즈가 되었다. 술꾼들이 엮어내는 소음 사이로 모차르트의 피아노 협주곡이 은은히 누벼 흐르고 있는 것이다.

"모차르트는 어디서 들어도 좋지?"

하고 정람은,

"이런 장소에 저런 음악을 한다는 건 기득하다."

는 말을 했다.

"이 집에서 클래식 이외의 음악은 안 하기로 하고 있는 모양입니다."

"그러니까 이해할 수 있을 것 같군."

"뭐가 말입니까."

“미스 리라는 여자의 눈빛이 좋지 않던가. 좋은 음악을 선택해서 들으며 사는 여자의 눈이야. 이 군이 짝사랑을 할 만해.”

내가 미스 리를 좋아하는 건 사실이었다. 그러나 짝사랑을 한다는 말엔 약간의 농담이 섞여 있었던 것인데 정람은 액면 그대로 받아들인 모양이었다. 그러나 나는 설명하지 않기로 했다.

모차르트가 끝났을 무렵에 정람이 일어섰다. 우리는 붐비는 관철동 골목을 질러 한길로 나왔다.

버스 정류소를 찾아 걸으며 정람이 한 말은 다음과 같았다.

“오늘은 곰도 보구 미녀도 보구 이래저래 화려한 날이었군. 헌데 이 군, 반동가리 독립이니 설먹한 독립이니 해도 이만한 독립을 유지하는 것만으로도 대단하지 않은가. 나는 아까의 그 술집에 가보고 절실하게 느꼈다. 일본 놈들이 지배하고 있었을 무렵 서울의 바엔 저런 분위기란 없었다. 하얼빈에도 저런 분위기는 없었다. 어느 누구의 눈치도 필요 없이 이 땅에선 우리가 주인 노릇을 하고 있다는 기분이 넘치지 않았던가.”

나는 그 말을 일제에 항거한 인간이 아니면 할 수 없는 말이라고 판단했다.

관철동 술집에 갔던 그날 밤이 정람에게 있어선 회춘을 위한 서곡적인 의미를 가졌던 것인지 모른다.

그날로부터 일주일쯤 지났을까.

누가 나를 보고 찾는다고 했다.

판자문을 열고 골목으로 나가보았다. 젊은 여자가 옆얼굴에 석양을 받고 다소곳이 서 있었다. 베이지색의 코트에 자줏빛 머플러, 얼굴엔 화장기라곤 없었지만 짙은 눈썹에 맑은 눈동자를 가진 이십 대 후반쯤으로 보이는 여자였다.

"이 선생님이십니까?"

여자는 조심스럽게 물었다.

"그렇습니다만."

하고 나는 그녀를 말끄러미 보았다.

"전 임영숙이라고 합니다."

여자는 나의 시선을 피하며 이렇게 말하고 조금 사이를 두곤 물었다.

"선생님은 피리를 잘 부시는 영감님을 알고 계시죠?"

"정람 선생을 말하는 게로군요."

"성함은 몰라요. 그저 피리를 잘 부시는 영감님이라고만 들었어요."

"그래서 어떻단 말입니까?"

"그 선생님을 소개해주실 수 없어요?"

"왜 하필 내가 소개를 해야 됩니까. 직접 가시면 될걸."

"제게 전한 사람이 선생님의 소개를 받는 게 좋다고 하셨어요."

"누군데요, 그 사람이."

"이 동리에 사는 어떤 부인이에요."

"실례입니다만 댁은 어디 살고 계십니까?"

“불광동이에요.”

“헌데 정람 선생을 뭣하러 찾으시는 겁니까?”

“피리를 잘 부신다고 들었거든요.”

“댁도 피리를 붑니까?”

“아녜요.”

“피리를 듣고 싶다, 이 말씀입니까?”

“예, 듣고 싶어요.”

“그래서 불광동에서 여기까지 찾아온 거요?”

“그 아주머니가 하두 좋다고 하시기에 찾아왔어요.”

나는 실없이 웃음소릴 냈다. 피리 소리가 듣고 싶어서 먼 길을 찾아 왔다는 그 말이 내겐 우습게 들렸기 때문이다.

그러나 나는 웃음을 거두고 말했다.

“정람 선생이 당신의 청을 들어 피리를 불어줄지 모르겠는데요.”

“거절하신다면 하는 수가 없죠. 하지만 어떻게 간곡하게 청을 드린다면……”

여자의 얼굴과 말은 진지했다.

“그럼 가보십시오. 바로 저깁니다.”

하고 정람이 묵고 있는 경산 선생의 집을 가리켰다. 산비탈에 있는 판잣집이라서 거기서 환히 보이는 것이다.

“선생님도 같이……”

하곤 여자는 움직이려고 하지 않았다.

나는 당신처럼 고상하게 생긴 여자가 부탁하면 정람이 싫단

소린 안 할 것이니 가보라고 하고 싶었으나 그렇게 말할 수도 없고 해서 앞장을 섰다. 그러면서도,

'이 여자 겉만 멀쩡해갖고 살큼 돌지 않았나.'

하고 의혹을 가졌다.

그렇지 않고서야 피리 소리를 듣겠다고 찾아올 까닭이 없지 않은가.

판자문을 밀고 들어섰다.

"선생님 계십니까?"

했더니 방문이 열리고 경산 선생이 얼굴을 내밀었다.

"정람 선생 계십니까?"

하고 물었다.

"정람은 없는데?"

하며 경산은 내 등 뒤에 있는 여자에게 시선을 돌렸다.

"정람 선생을 찾아온 분입니다."

내가 이렇게 말하자 경산은,

"곧 돌아올지 모르니 이리로 들어오슈."

하고 방 안을 치웠다.

"올라갑시다."

그 여자를 먼저 방으로 들게 하고 나도 뒤따랐다.

"정람 선생과는 대단히 친한 분입니다."

하고 여자에게 인사를 시키곤 경산에겐 그 여자가 찾아온 내력을 설명했다. 그러자 대뜸 경산이 말했다.

"아가씬 음악을 전공하는가?"

“예.”

하고 임영숙의 대답이 있었다.

나는 속으로 아차 했다. 거기까진 생각이 미치지 못했던 것이다.

그러고 보니 임영숙의 몸에서 음악을 하는 사람다운 풍정이 풍겨지는 것 같았다.

“음악을 하는 사람이라면 정람의 피리에 관심을 가질 만하지.”

경산은 아무렇지 않게 말하고 정람의 존재를 알게 된 까닭을 물었다.

“그 언젠가 정람 선생이 여기서 피리를 불었을 때 동리 사람들이 많이 모였지 않았습니까. 그때 들은 사람들 가운데 누군가가 아가씨에게 얘기를 한 모양입니다.”

하고 내가 대신 설명했다.

“학교는?”

경산이 물었다.

“E대학 음악과를 나왔습니다.”

“음악과에도 갖가지 전공이 있을 것 아닌가.”

“작곡을 전공하고 있습니다.”

“허허 작곡, 작곡을 전공한다구?”

하며 경산은 고개를 끄덕끄덕했다.

늦은 가을의 해는 급작스레 저문다.

방 안이 어두워졌다. 경산이 스위치를 눌러 불을 켰다.

“귀한 손님이 오셨는데 이 사람이 어델 가고 아직 돌아오지
않을까.”
하고 중얼거리며 경산이 시계를 보았다. 여자는 정물처럼 앉
아 있었다.
“오시긴 하겠죠?”
내가 물었다.
“꼭 돌아오긴 해. 그런데 간혹 늦을 순 있지.”
경산의 이 말을 받고 나는 여자에게 말했다.
“언제 돌아오실지 모르니 오늘은 이대로 돌아가시오. 이제
집을 알았으니 아침 일찍 오시도록 하시오. 경산 선생이 중간
에 서서 잘 말씀해줄 거요.”
그런데 이에 대한 이 여자의 대답은,
“늦더라도 만나고 가겠습니다.”
라고 하는 것이 아닌가.
“그렇게 하슈. 모처럼 와서 허행을 한다는 건 섭섭한 일이니
까.”
경산의 말이었다. 그리고 경산이 물었다.
“아직 결혼 전이겠지?”
“예.”
“나이는?”
“스물아홉이에요.”
“내년이면 서른이군, 결혼을 서둘러야 하겠구나.”
“전 결혼하지 않을 거예요.”

“그건 또 왜.”

“음악에 전념할 작정입니다.”

“결혼하고도 음악을 할 수 있지 않을까? 배우자를 그 요량으로 선택하면.”

“다른 데 신경을 쓰기가 싫어요.”

여자의 말은 단호했다.

그렇게 듣고 보니 임영숙의 차림이나 얼굴은 전혀 결혼을 도외시한 것이라고 짐작할 수 있었다. 특히 머리 모양에 신경을 쓴 것 같지 않았고 이미 말한 바 대로 얼굴엔 화장기라곤 없었다. 베이지색 코트도 낡아 있었고 코트를 벗은 뒤에 나타난 블라우스나 스커트도 회색 계통의 바랜 빛깔이었다.

“아버진 뭣을 하시나?”

경산의 질문이었다.

“사업을 하십니다.”

“부모님들이 결혼을 서두르지 않는가?”

“제 고집에 손을 들었다고 하십니다.”

하고 임영숙이 살큼 미소를 띠었다.

이때 바깥에서 식모 아주머니의 소리가 있었다.

“저녁 식사 준비가 되었어유.”

“아가씬 아직 식사 전이지?”

“전 식사 안 해도 돼요.”

“허나 손님을 앉혀놓고 내만 먹을 수가 있나.”

하며 바깥을 향해 경산의 말이 있었다.

“밥만 두 그릇 더 가지고 오슈. 찬 걱정은 말구.”

“아닙니다. 전 집에 가서 먹겠습니다.”

하고 나는 일어섰다.

그런데도 임영숙은 움직이지 않았다.

나는 그 길로 돌아와 식사를 하고 다시 경산 선생의 집엘 가볼까 하다가 그만두었다. 내일까지 넘겨주어야 할 원고가 있었기 때문도 있었지만 임영숙에 대한 호기심을 노골적으로 표시하는 것 같아서 망설여졌던 것이다.

정람과 임영숙의 초대면이 어떠했는가는 알 길이 없다. 그러나 약간 흥미 있는 장면이 있을 것이란 짐작은 할 만했다. 그러나 바쁜 일이 생겨 내가 경산 선생의 집을 찾은 것은 그로부터 일주일쯤 후의 일이 아니었던가 한다.

해가 질 무렵이었는데 부엌에서 나타난 사람이 에이프런 차림의 한 젊은 여자라서 놀랐던 것인데 그게 임영숙이었던 것이다. 머리엔 가볍고 밝은 천으로 된 스카프를 쓰고 있었다.

웬일이냐고 물을 겨를도 없었다.

“선생님.”

하고 임영숙이 부르자 방문을 연 사람은 경산이었다.

“어서 오게.”

경산이 나를 맞아들이고,

“우리 집에 혁명이 있곤 처음이쟈?”

하고 웃었다.

"혁명이라니 그게 뭡니까."

앉으며 내가 물었다.

"이 집 주인이 바뀌었으니 그게 혁명 아닌가."

경산의 말이었다.

"주인이 바뀌다뇨?"

"이제 들어오면서 보지 않았는가. 그 아가씨가 이 집 주인이 되었다네."

나는 경산의 말을 이해할 수가 없었다. 원래 수수께끼 같은 말씀을 잘 하시는 분이라서 대개 그럴 경우 챙겨 묻지 않고 지나쳐버리기도 하는 것이지만 이번 일은 그럴 수가 없었다. 꼬치꼬치 물었다. 경산의 설명을 장면화하면 대강 다음과 같이 된다.

그날 밤 내가 떠나고 난 뒤 경산과 임영숙은 겸상으로 식사를 했다.

식사를 끝내고 있었을 때 정람이 돌아왔다.

두 사람의 첫인사가 있었다. 임영숙은 실례를 무릅쓰고 피리를 들려달라고 정람에게 부탁했다.

정람은 일언지하에 안 된다고 거절했다.

"그럼 언제쯤 들려주시겠습니까."

하고 임영숙이 물었다.

"한 곡쯤 들려주게나."

하고 경산이 권했다.

　"내일 한 번 더 오시오. 그때 생각해봅시다."
하고 정람의 말이 있자 임영숙은 집으로 돌아갔다.

　그 이튿날 임영숙이 새벽같이 나타났다. 마루에 우두커니 앉혀놓을 수도 없어 정람이 임영숙을 방으로 들어오게 한 후 방문과 대문을 잠그도록 하곤 피리를 꺼냈다. 그리고 소곡 하나를 불었다.

　그 피리 소리에 임영숙은 벼락을 맞은 듯 몸을 꿈틀하더니 이윽고 정신을 차리곤 물었다.

　"이제 막 그 곡의 이름이 뭡니까."

　"이름은 없소."

　"왜 이름이 없을까요?"

　"붙이지 않았으니까."
하고 정람은 다시 머리를 들어 한 곡을 불었다.

　임영숙은 완전히 넋을 잃은 듯했다. 곡이 끝난 지 한참 만에야 물었다.

　"그것도 이름이 없으세요?"

　"물론."

　"왜 이름을 지으시지 않으시구."

　"내가 알면 될 음악인데 이름은 지어 무얼하겠소."

　"아까워요."

　임영숙이 한숨을 쉬었다.

　"뭣이 아깝단 말인가."

　정람이 되물었다.

"그 아름다운 곡을 이름 없이 방치하는 게 아깝지 않아요?"

"진실로 아름다운 건 이름 같은 게 없어야 하오. 무명은 무구無垢와 통하는 것이여."

정람의 말은 담담했다.

임영숙이 묵묵히 앉았다가 다음과 같이 간청했다.

"선생님과 같이 지낼 수가 없을까요."

"같이 지내다니?"

"이 집에서 같이 살고 싶어요."

"이 집은 내 집이 아니니 내 마음대로 할 순 없어."

그러자 임영숙이 경산에게 애원했다.

"선생님을 모시고 같은 집에 있으면서 선생님의 음악을 배우고 싶어요."

"피리를 배우겠단 말인가?"

경산이 물었다.

"아녜요. 그 음악의 진수를 배우고 싶어요. 채보도 하고 싶구요."

"채보라면 콩나물 대가리로 고치겠단 말인가?"

"되도록이면 보전하고 싶어서요. 그러니 이 집에 같이 있게 해주세요."

"있을 방이 있어? 방이 두 칸밖에 안되니까."

"식모 아주머니 방에 있겠어요."

"방은 그로써 될지 모르지만 우린 가난해. 식량이 모자라."

"식량은 제가 가지고 올게요."

　"그래도 난관이 있어. 보다시피 식모 아주머닌 너무 늙었어. 우리 두 늙은이 시중드는 것만도 힘에 겨워."

　"부엌일은 제가 맡을게요."

　"허 참, 그렇게까지 할 게 뭐 있담. 정람에게 배우고 싶은 게 있으면 아침 일찍 왔다가 저녁 늦게 가면 될 거 아닌가."

　"전 내년 봄이면 미국으로 가야 해요. 국내에 있을 시간이 얼마 되지 않아요. 그 동안에 집중적인 지도를 받고 싶어요. 갔다 왔다 하는 시간이 아까운걸요."

　"그건 아가씨의 사정이구. 정람은 차분하게 집 안에 들어박혀 있는 성미가 아냐. 아가씨가 이 집에서 산다고 해도 얼굴을 맞댈 기회는 별로 없을걸."

　"그러니까 더욱 이 집에 있어야 하겠어요. 짧은 틈이라도 이용하기 위해서예요."

　"음."

하고 경산의 말이 막혔다.

　결국 하는 수 없이 임영숙의 청을 들어 줄 수밖에 없었는데 임영숙은 그날 안으로 침구와 전축을 옮겨와선 저렇게 부엌일까지 하게 되었다.

　"대단한 아가씨구먼요."

내가 혀를 내두르자,

　"대단해, 대단하구말구, 예술가란 건 보통관 달라."

하고 경산은 눈을 끔벅끔벅했다.

　"헌데 정람 선생은 어디로 가셨습니까?"

"오늘은 뭐 팔당 쪽으로 나가보겠다며 날 같이 가자드만. 난 허리가 아파 집에 남았지."

"정람 선생은 산책하시길 퍽이나 좋아하시는 모양이죠?"

"그래, 호기심이 강한 소년과 같이."

"호기심이 강하다는 건 아직도 성장의 여지가 있다는 얘깁니다."

"그렇지."

이와 같은 말을 주고받고 있는데 방문 앞에 인기척이 있더니 방문이 열렸다.

"커피 가지고 왔어요."

임영숙의 카랑한 소리가 있었다.

"누옥에서 마시는 커피에도 한 맛 있드만."

하고 커피 쟁반을 받아들이면서 경산이 임영숙에게 말했다.

"거 녹음한 것 가지고 와요. 뭐라더라 불란서 사람 것하구."

"예."

하더니 임영숙이 녹음 재생기와 테이프를 갖고 들어왔다. 그리고 하나를 먼저 세팅하며 말했다.

"이건 지금 세계적으로 일류라고 하는 프랑스의 플루트 주자 장피에르 랑팔의 연주예요."

이윽고 랑팔의 플루트 소리가 울려 퍼졌다. 감미롭고 활달한 음향이었다.

"곡은 비발디의 것이에요."

임영숙이 중간 설명을 했다.

랑팔의 연주가 끝나자 임영숙이 테이프를 갈아 세팅했다.

"이건 정람 선생의 피리 소리에요."

임영숙의 도취한 기분이 그 말투에 사무쳐 있었다.

정람의 피리 소리가 울려 나왔다. 은은한 가닥으로 시작되더니 높이 하늘로 날아오르는 종달새의 모습을 눈앞에 그려 보이듯 나선형을 그리며 음이 높아졌다. 그러자 푸드덕거리는 날개가 찬란한 태양의 광선을 부수는 광경을 방불케 하는 높고 낮은 음이 교차하며 반복되곤 노을이 끼는 기분으로 톤은 가라앉았다.

"비발디의 곡도 묘사적이고 정람 선생의 곡도 묘사곡, 즉흥곡이에요. 곡 자체에도 우열의 차가 확실하지만 연주의 기량에도 천지의 차가 있다고 느끼지 않으세요?"

아닌 게 아니라 랑팔이란 세계적 명수와 비교해보았을 때 정람의 진가를 더욱 알 수가 있었다. 문외한의 귀로도 랑팔은 정람의 적수가 아닌 것이다.

"우리 가까이에 이런 천재가 있어요."

임영숙이 조용히 중얼거렸다.

나는 음악에 관해선 문외한이다. 그 문외한의 귀로서도 장피에르 랑팔의 플루트 소리와 정람의 피리 소리를 비교할 수가 있었다. 억지를 무릅쓰고 말한다면 장피에르 랑팔의 플루트 소리가 천재의 그것이라면 정람의 피리 소리는 신의 그것이었다. 정람의 음악엔 신령과 통하는 그 무엇이 있는 것이다.

나는 확실히 그것을 알았다.

"세계에서 가장 훌륭한 플루트 주자를 무색하게 하는 소리
란 걸 알았죠?"

임영숙은 꿈에서 깨어난 사람처럼 말했다.

경산도 충격적인 감동이 있었던 모양으로 한참 동안 눈을
껌벅껌벅하고 있더니 임영숙에게 물었다.

"그 랑팔인가 하는 사람은 몇 살이나 된 사람인가."

"쉰 살을 조금 넘긴 정도가 아닌가 합니다."

임영숙이 기억을 더듬는 듯 고개를 갸웃했다.

"그 정도의 나이로선 어림도 없지. 정람의 나이는 아무래도
칠십 세는 되었을 테니까."

경산이 중얼거렸다.

"예술적인 기량을 나이로써 가름할 수가 있나요?"

임영숙이 뾰로통해지며 반박했다.

"아냐, 그런 뜻이 아니구."

하고 경산은 이런 말을 했다.

"정람의 피리는 음악적인 기량으로 된 게 아니다. 그건 풍상
이여. 오랜 풍상이란 말여. 하룻밤쯤 눈이 오면 모든 산이 하얗
게 눈이 덮이질 않겠나. 그러나 그 하얀 눈빛이 에베레스트나
곤륜산 상봉에 있는 만년설의 눈빛하고 같을 수가 있겠는가.
내가 말하고자 하는 건 랑팔의 오십 세 쌓은 기량이 정람의 칠
십 세의 풍상이 만들어낸 소리에 어찌 겨룰 수가 있겠는가 말
이다. 랑팔의 피리는 음악일진대 정람의 피리는 한이다. 예술
이 한을 표현한다고 하더라만 한이 한을 표현하는 거에 당할

수가 있겠는가.”

나는 경산이 하고자 하는 말뜻을 짐작할 수가 있었다. 그러나 임영숙의 얼굴엔 불만의 표정이 남았다. 카세트를 빼내고 녹음기를 치우고 난 임영숙이 뚜벅 말했다.

“그러나 나는 정람 선생의 피리를 어디까지나 음악으로서 해석해야겠어요.”

그 말의 뜻 역시 나는 이해할 수 있을 것 같았다. 임영숙으로선 가치의 최고가 음악에 있는 것이다. 그러니 정람의 음악을 음악 이외의 것으로서 평가하려는 의견에 반발을 느꼈을 것이다.

임영숙이 방에서 나가고 난 뒤 경산이 웃는 얼굴로 내게 말했다.

“저 아가씬 정람에게 홀딱 빠져버린 모양이다.”

“스승에 대한 제자의 심정이겠죠.”

“그런 정도가 아닐세.”

“그렇다고 이십 대의 처녀가 칠십 세의 노인에게 연정을 느끼기까지 했을라구요.”

나는 지나친 표현이란 걸 의식하면서 이렇게 밀했던 것인데 경산은,

“바로 그 연정을 느끼고 있는 것 같으니 기막힌 일이 아닌가.”

하고 경산은 소리를 낮추어, 그러나 활달하게 웃었다.

“예술에 혹하게 되면 혹시……”

하고 나는 피카소의 젊은 애인들을 상기해보는 마음이 되었지만 어쩐지 실감이 나질 않았다. 그래서 말했다.

"존경이 지극하면 삼자의 눈엔 그렇게도 보이는 일이 있으니까요."

"그럴지 모르지. 허나 정도가 좀 심한 것 같애."

이어 경산은 임영숙이 정람 선생의 내의, 양말, 손수건 같은 것의 빨래를 맡고 나섰다고 했다.

부엌일을 맡은 아주머니가 자기가 하겠다고 해도 정람에 속한 것만은 임영숙이 양보하지 않는다는 것이다.

"유복한 집에서 자란 딸이 그것도 음악 대학을 다닌 처녀가 집에 있으면 자기 빨래도 할까 말까 한 사람이 노인 내음이 나는 내의며 양말을 빨겠다고 자청해서 나섰다면 이건 예삿일이 아니지 않는가."

"듣고 보니 경산 선생님 질투하고 있는 것 같습니다."

이렇게 빈정댔더니 경산이 씨익 웃으며 말했다.

"아닌 게 아니라 약간 질투가 나지 않는 바는 아니네만 또 한편 기분이 좋지 않은 바는 아녀."

그 이유로서 경산이 설명한 건

"정람은 고독한 사람이야. 부모의 얼굴도 이름도 모르고 자란 데다가 유일한 사랑이라고 할 수 있었던 폴란드 여성과 생이별을 하고 나선 언제나 혼자서 살았지. 이곳저곳 아나키스트들의 결사에 가담하여 정치 활동을 한 적이 있었지만 어느 결사에도 자신의 신념이나 사상을 일치시켜본 예란 없었을걸

아마? 그런데도 항상 가장 위험한 일을 맡고 나섰지. 한때 만주서 같이 지낸 적이 있지만 무시무시한 일은 꼭 자기가 맡아야 한다고 덤볐으니까. 어떻게든 빨리 죽을려고 서두는 사람 같았어. 그런데 정람이 하는 일은 백발백중 성공했거든.”

“무슨 일인데요.”

“그건 정람에게 직접 듣게나.”

“말씀 안 하시는 걸 어떻게 듣습니까.”

“본인이 말하길 싫어하는 걸 내가 어떻게 말하겠는가. 뜸을 들이면 이 군에겐 얘기하게 될 걸세. 그러니 그땔 기다리기로 하게. 헌데 그 위험한 일을 하고 돌아오면 피리를 불어. 피리를 불고 나면 책을 읽는 거야.

책을 안 읽을 땐 동물 구경을 나서구. 이왕 책을 읽으려거든 쓸모가 있는 책을 읽으라고 해도 웃기만 하고 내가 보기엔 아무 짝에도 못 쓸 신화, 전설, 곤충기, 동물기 아니면 소설, 그런 따위를 읽는 거라. 읽어도 보통으로나 읽나. 밤을 새우길 예사로 하구. 그러다가도 동지들이 무슨 일이 있다고 하면 자기가 맡고 나서구…… 잘은 모르지만 정람은 지금 자기 생애가 아닌 남의 생애를 살고 있는 기분이 아닐까 해. 자기의 생애를 자기의 생애라고 느낄 수 없을 만큼 고독하다는 얘기가 아니겠는가. 그럴 때 저런 아가씨가 나타났으니 얼마나 다행인지 몰라. 어디 그런 사람을 구한다고 해서 구할 수 있겠는가. 부탁한다고 해서 누가 들어나 주겠는가. 아무튼 내가 질투를 느낄 만큼 정람에게 애착을 가진 아가씨가 생겼으니 나는 이제 죽어도 여한이 없겠네.”

무슨 무거운 덩치 같은 것이 내 가슴에 와닿는 기분이었다. 나는 비로소 정람이 경산에게 있어서 커다란 의미를 가진 존재였구나 하는 사실을 깨달았다. 이를테면 어느 때 한동안 만주에서 같이 독립운동을 했다는 것 이상의 인연이 있었던 것이로구나 하는 생각을 하게 된 것이다.

그럭저럭 한 시간이나 지났을까.

“정람 선생님 오시네요.”
하는 임영숙의 소리가 바깥에서 있었다.

내가 방문을 열었다.

사립문으로 해서 비탈진 골목으로 뛰어 내려가는 임영숙이 보이고 저만치 걸어오는 정람의 모습이 보였다.

이윽고 임영숙은 정람의 팔에 매달리듯 또는 부축하듯 하며 집으로 들어선다. 들어서기가 바쁘게 단장을 받아 든다. 코트를 벗긴다 하는 시중을 들고 나서 정람을 마루 끝에 앉게 하곤 미리 준비해두었던 대야 물을 디딤돌 위에 갖다 놓았다. 그리고 정람의 신과 발을 벗기곤 임영숙이 정람의 발을 씻기기 시작했다.

영숙의 가느다랗고 긴 손가락이 정람의 고목의 뿌리와도 같은 발 언저리에 민첩하게 움직였다. 비누칠을 하고 다시 깨끗한 물을 떠와 헹구고 어깨에 메고 있던 큰 타월로 정성스레 닦고선

“자 이제 됐어요.”

하며 상큼 정람의 양발을 마루로 안아 올리는 임영숙의 동작을 나는 넋을 잃고 바라보았다. 사랑과 정성과, 그리고 그보다도 귀한 어떤 심성의 작용이 없고서는 할 마음을 낼 수도 없고 할 수도 없는, 절묘한 한 토막 드라마를 보는 것 같은 황홀감이 내 감동의 내용이었다.

방으로 들어오는 정람을 쳐다보는 경산의 부신 듯한 눈빛을 본 눈으로 정람의 뒤를 따라 들어오는 임영숙을 보며 나는 마음속으로 중얼거렸다.

'어쩌면 임영숙이 천재일지 모른다.'

임영숙이 경산의 집에 온 지도 벌써 보름이 되었다.

"이상한 처녀도 다 있다."

동네 사람들이 쑥덕거렸지만 임영숙의 정람 선생에 대한 정성은 한결같았다.

어느 날 경산에게 물었다.

"칠십의 노인과 이십 세의 처녀 사이에 연애가 가능하다면 볼만하겠군요."

"그런 거는 아니야."

하고 경산은 텁텁하게 말했다.

"할아버지와 손녀 사이의 교우라고 하기엔 조금 에로틱하지 않습니까?"

하고 나는 경산의 눈치를 살폈다.

"예끼 이 사람 에로틱이 뭔가."

“에로틱이란 나쁜 뜻만은 아닙니다.”

“누가 그걸 모르나. 그러나 두 사람 사이에 에로틱이란 말을 개재시킬 필요는 없어.”

“하지만 할아버지와 손녀 사이의 분위기로선 좀 뭣한 게 있지 않습니까?”

“정람이 손녀를 찾은 걸세, 영숙은 할아버지를 찾았구.”

경산이 그렇게 말하는 데야 나는 할 말이 없었다. 그러나 궁금증을 이기지 못해 조금 있다 다시 물었다.

“그럼, 영숙은 매일 뭣하는 겁니까.”

“채보를 하는 모양이드만.”

“채보?”

“정람이 피리를 불면 영숙이 그걸 악보로 만드는 거야.”

“매일 채보를 합니까.”

“정람의 기분에 따라 하니까 매일 할 수야 없지.”

“그럼 영숙은 채보를 하기 위해 정람에게 정성을 다하고 있는 모양이구만요.”

“그것만은 아니겠지. 하여간 영숙은 채보를 하려고 애를 쓰고 있는 모양이야.”

그제야 나는 겨우 납득이 가는 느낌이었다.

바랄 것이 없고야 젊은 여자가 늙은 남자에게 그처럼 정성을 다할 수가 없는 것이다. 그렇더라도 영숙의 정람에 대한 정성은 대단한 것이었다.

그 무렵의 어느 날 잡지사 기자가 근처의 다방에 와 있다기에 집을 나섰는데 어떤 한 대의 고급 차가 골목을 비집고 들어왔다. 자동차는 그 이상 가지 못할 곳에서 섰다. 자동차 안에서 중년으로 보이는 귀부인이 내려섰다.

구멍가게 주인더러 경산 선생의 집을 묻고 있었다. 누굴까 하는 호기심이 있었으나 나는 사람이 기다리고 있는 다방으로 갈 수밖에 없었다.

다방에서 잡지사 기자를 만나 한창 얘기를 주고받고 있을 때

"엄마 절대로 안 돼요."

하는 귀에 익은 말이 등 뒤에서 들려왔다. 분명히 그것은 임영숙의 목소리였다.

밤엔 술집을 하고 낮엔 찻집을 하는 곳이었기 때문에 칸막이가 높아 이편에 내가 앉아 있는 줄을 임영숙은 모를 것이었다.

"왜 안 된다는 거니. 집에서 다녀도 될 것을 궁색스럽게 그런 집에 처박혀 있을 게 뭐냐 말이다."

이것은 임영숙의 어머니로 짐작되는 여인의 말이었다.

"정람이라는 영감은 꽤 까다로워요. 예사로 해갖고 채보를 허락할 줄 알아요."

"채보 채보 하지만 그게 뭐 대단하단 말이냐."

"모르는 소리는 마세요. 엄마, 정람의 곡은 대단한 거예요."

"그럼, 한두 개 채보했으면 그만이지 벌써 보름이나 지나지 않았느냐."

"비위를 거슬리지 않게 하려니까 꽤 시간이 걸려요."

"이제 겨우 서너 개밖엔 하지 못했다면서 앞으로 얼마나 걸

릴 거냐."

"이 년이 걸려도 할 거예요."

"야, 너 미쳤니."

"미쳤건 안 미쳤건 내버려둬요."

"안 되겠다, 난 오늘 너를 데리고 가야겠다. 이때까진 아버지에게 구구한 변명으로 차일피일 모면해 나왔다마는 네 그 얘기를 듣곤 내가 가만 있을 수 없다. 집으로 가자."

"안돼요, 엄마."

"네가 안 된다면 내가 그 정람인가 뭔가 하는 사람을 만나야 하겠다."

"만나 어떻게 할 거예요."

"나잇값을 하라고 그럴 테다. 늙은 사람이 젊은 애를 유혹하면 못쓴다고 할 거다."

"어머머, 누가 누굴 유혹했다는 거예요."

"정람이라는 노인이 너를 유혹한 것 아니니."

"터무니 없는 말씀하지도 말아요."

"왜 터무니가 없어. 그렇게 해둬야 그 영감이 널 상대하지 않겠지."

잠깐 동안의 침묵이 흘렀다. 그리고 임영숙의 가다듬은 듯한 말소리가 나직이 흘러나왔다.

"어머니 생각해보세요. 나는 작곡가 되기가 평생 소원이에요. 미쳤다고 해도 과언이 아니에요. 서른 전에 작곡가로서 두각을 나타내지 못하면 죽을 거예요. 그런데 전 지금 기막힌 행

운을 잡은 거예요. 정람이란 사람은 기막힌 플루트 주자일 뿐
아니라 천재적인 작곡가예요. 그러면서도 그는 자기의 천재를
모르고 있어요. 즉흥적으로 부는 그 피리 소리가 그대로 명곡
이에요. 그것도 한두 가지가 아니고 수십 수백 곡이 있을는지
몰라요. 그러니 전 지금 노다지 광산을 발견한 기분이에요. 그
런데 아까도 말한 바와 같이 정람이란 사람의 성격이 너무나
까다로워 자칫하면 모든 노력이 수포로 돌아갈 위험마저 있어
요. 그래, 전 모든 수단을 쓰고 있는 거예요. 노예처럼 시중을
들구 모든 잡일을 도맡아 하고 게다가 여자로서의 애교까지
거리낌 없이 발휘하고 있는 거예요. 그래서 이제 겨우 길들인
말처럼 부려먹을 수 있게 됐는데 어머니가 와서 그런 짓을 하
며 일이 어떻게 되죠? 제겐 지각도 있고 판단력도 있고 매서운
계산마저 있어요. 그러니 아무 말씀 마시고 날 그냥 두고 돌아
가세요. 불편한 게 있으면 집으로 가지러 갈 테니 그때 가서 또
말씀드리겠어요."

　휴―하는 한숨 소리가 들리더니 어머니의 말이 있었다.

　"그렇게까지 할 게 뭐 있니. 사람은 자기가 가진 것을 활용
하면 그만이지 남의 것을 얻어 성공하면 뭣하니."

　"어머니 모르는 말씀 마세요. 그 사람의 곡을 채보하는 동안
에 공부도 되려니와 그 곡으로 일단 명성을 얻어놓으면 그때
부터 탄탄대로가 트이는 거예요. 어머니 상상해보세요. 제가
맨손으로 파리를 가는 것하고 명곡에 준할 수 있는 백 개의 곡
을 갖고 파리로 가는 것하고 어느 편이 유리하겠어요. 맨손으

로 가면 일개 무명의 학도로서 시작하는 것이지만 백 개의 곡을 가지고 가면 음악가로서 등장하는 거예요. 그러니 어머니 암말 말고 돌아가세요."

또 약간의 침묵이 흘렀다.

"난 모르겠다. 집에 돌아가서 네 아버지와 의논을 해봐야겠다."

나는 뭐라고 말하려는 기자에게 입을 막으라고 시늉을 하고 그 모녀가 나가기를 기다렸다.

"무서운 아가씨로군요."

잡지사의 S군이 혀를 내둘렀다. S군도 임영숙의 얘기를 듣고 대강의 연도도 함께 적었다.

"뭣할 거요, 그것."

이번엔 내가 물었다.

"혹시 알 수 없는 일 아닙니까. 저 아가씨가 파리로 가서 국제적으로 이름을 날리고 그 후광으로 국내로 와서 센세이셔널한 명성을 떨칠는지."

"그러면?"

"그때 가서 한 방 꽝 놓아주는 거죠. 표절의 천재라구요. 뭣? 정람 선생이라고 했죠?"

하며 S군은 정람의 이름까지 수첩에 적어놓았다.

나는 어떤 사건의 현장에 있는 것 같은 야릇한 기분이 되었다. 가끔 엉뚱한 스캔들이 폭로되기도 하여 세상 사람들을 놀라게 하는 경우가 있는데 그런 비밀 폭로의 발단이 결국 이와 같은 계기에서 비롯되는 것 아닌가 싶어 야릇했던 것이다.

그러자 어떤 생각이 떠올랐다.

"S군, 너무 그렇게 단정하진 말게."

"왜요?"

"임영숙이란 아가씨는 정람의 곡을 표절하려는 것이 아니라 정람의 옆에 있고 싶어서 일부러 말을 꾸민 것이 아닌가도 싶어. 보통으로 해선 안 되니까 그런 엉뚱한 얘기를 한 것이라고 추측할 수도 있지 않은가."

그러자 S군이 물었다.

"정람이란 사람의 곡이 참으로 좋습니까?"

"좋지, 기가 막혀."

"임영숙이란 아가씨가 채보하고 있는 것도 사실이구요?"

"그건 사실이야."

"임영숙이 정람이란 노인에게 시중을 잘 듭니까."

"정성을 다하는 것 같애."

"정람이란 분 경력이 어떻습니까?"

"유라시아 대륙을 휩쓸고 돌아다닌 노혁명가야. 피리의 명수, 박람강기한 로맨티스트."

"선생님은 소설의 좋은 소재를 신변에 모시고 있는 셈이구 면요."

"아닌 게 아니라 나도 정람을 표절할까 하는 유혹을 금할 수가 없어."

"그렇다면 임영숙의 야심은 확실합니다. 그저 참고하려고 채보하고 있는 게 아니라 목적의식이 있어서 하는 것입니다. 그 목적의식도 순수하지 못한 게 분명합니다."

다혈질인 S군은 분연한 투로 이렇게 말했다.

"흥분할 것까지야 있겠소. 어느 사회적이고 야심 있는 사람이 있는 거니까. 덕분에 영원히 묻혀버릴 정람의 곡이 햇볕을 볼 수 있다면 좋은 일이 아닌가."

이어 나와 S군은 이번 잡지에 실은 내 작품에 대한 얘기를 나누고 그 다방에서 나왔다.

혼자가 되고보니 임영숙의 문제가 내 가슴을 압박해왔다. 처녀의 순수한 호의라고 믿고 정람은 그저 고맙게만 생각하고 있는 모양인데, 그 정람이 임영숙의 속셈을 알아차렸다고 하면 어떤 기분으로 될까, 하는 마음으로서였다.

'배신!'

이런 말이 뇌리를 스쳤다.

값싼 호의를 팔아 타산적으로 상대방의 채보를 낚아채려고 하는 무서운 배신.

이런 생각으로 확대되었다.

그러나 도리 없는 일이었다. 정람에게도 말할 수 없는 일이었다. 지켜만 볼 일이다.

며칠 후엔가 어느 출판사를 방문하고 돌아오는 길에 정람을 만났다.

오래간만이고 해서 근처의 술집에 들르자고 했더니 정람은

"안주될 만한 것을 사가지고 집으로 가자."

고 했다.

쇠고기 얼만가를 사서 들고 정람과 나는 나란히 걸었다. 도중에서 내가 물었다.

"선생님은 배신당한 적이 있습니까."

"배신?"

하더니 정람은

"나의 평생이 배신의 연속인 것 같기도 하고 너그러이 생각하면 한 번도 배신당한 적이 없는 것 같기도 한데."

하며 왜 그런 걸 묻느냐고 반문했다.

뚜렷한 이유를 댈 수가 없어서 애기를 하나 꾸몄다.

어느 노작가의 유고를 그 제자가 표절해서 출판사에 팔아먹은 일이 있다는 애기였다.

"그게 문제가 그리되겠나."

정람은 엄하게 말했다.

"표절이 문제가 안 돼요?"

"예술 작품치고 정확하게 말해 표절 아닌 게 있겠는가……."

"그러나 정도 문제란 것이……."

"예술 작품이 표절이나 할 땐 정도 문제도 없는 거야. 표절을 했다는 그 사실로 해서 표절한 자는 충분히 보복을 받을 테니까. 주위가 아무 소리 안 해도 말일세."

"하지만 당한 사람은 기분 나쁘지 않겠습니까."

"나쁜 건 표절을 한 놈이니까 당한 사람에겐 하등의 관계도 없는 일이다."

"세상은 그처럼 관대한 것이 아닙니다."

"관대하지 않으면 또 어떻게 할 텐가, 이 군은 아나톨 프랑스를 잘 알지? 아나톨 프랑스가 한 말에 이런 게 있어. 쓰레기통까지 더 뒤져 가지고 가는 것이 표절이지 그렇지 않은 건 표절이 아니라구. 이 군이 글을 한 줄 썼다고 하자. 이 군 앞에 누구도 쓰지 않은 단어를 가지고 글을 쓸 수가 있나. 배열이 약간 다를 뿐 재료는 전부 누군가가 사용했던 것뿐 아닌가."

"그럼, 선생님. 선생님이 즉흥적으로 작곡하셔서 피리를 불지 않습니까. 그 곡을 그대로 따다가 누군가가 자기의 것이라고 발표하면 선생님의 마음은 어떻겠습니까?"

"상관없지. 내가 즉흥적으로 작곡했다고 하지만 따지고 보면 그게 누군가의 멜로디였을 게거든. 표절한 걸 표절했다고 화를 내면 그야말로 적반하장이 아닌가. 다만 두려워하는 건." 하고 정람은 한동안 말을 끊었다가 계속했다.

"내가 분 즉흥곡을 누군가가 표절해서 그걸 자기의 작곡인 것처럼 발표하면 단번에 그게 표절이란 게 간파되고 말 거란 이 말일세."

"왜 그렇습니까?"

"워낙 즉흥곡이 되다가 보니까 연결만 지어지면 나는 누구의 곡이건 상관없고 다소 조(調)만 바꾸곤 마구 불어버리거든. 모자이크 알지? 내가 부는 곡은 이를테면 모자이크란 말일세."

"어떤 모자이크냐 하는 데 창의성이 있지 않겠습니까?"

"아무튼 내 곡은 창작일 수가 없어. 한국의 한구석에서 들으니까 창작인 것처럼 들리지만 음악에 익숙한 유럽인들이 들으면 당장 그걸 알아낼 테니까 서툰 수작을 하다간 큰일 나지."

"그러나 전 음악을 안다고는 할 수 없지만 선생님의 곡엔 아주 창의적인 것이 있던데요."

그러자 정람은 골목이 터져나갈 듯이 웃었다. 그리고 덧붙였다.

"자네 어딜 가선 절대로 그런 소리 말게. 음악에 대한 무식을 폭로하는 걸로 되니까."

웬일인지 그날 밤 정람은 기분이 좋았다. 사양하는 나를 끌고 경산의 집으로 가선 임영숙을 보고,

"임 군은 요리 솜씨가 있다고 나에게 자랑을 했지. 오늘 밤이 재료로 해서 술안주를 만들어보게나."

하며 사들고 온 반찬거리를 건넸다.

"무슨 좋은 일이 있었던 모양이군."

경산이 물었다.

"일일시호일日日是好日 아닌가. 그런데 오늘은 특히 좋은 날이었어."

하고 이런 얘기를 했다.

"임두생이 살아 있다는 사실을 알았다. 주소까지도. 난 그 친구 죽은 줄 알았지. 그래 항상 마음에 걸려 있었던 거야. 그

런데 그 친구를 만날 수 있게 되었으니 기분이 좋을 수밖에.”

그 말을 듣자 경산의 얼굴이 굳어졌다. 정람 표정을 살피는 눈치까지 보였다. 그리고 물었다.

“누구한테서 그 소문을 들었나.”

“그게 또 묘해.”

하고 헛기침을 섞곤 되물었다.

“하얼빈의 키타야스카야에서 구둣방을 하던 황 노인 알지?”

“알지.”

“그 황 노인의 아들을 만난 거야.”

“황 노인의 아들을?”

하고 경산은 아까보다 더 놀라는 시늉을 했다.

“그 사람 어디에 있어?”

“미아리를 넘어 삼양동이란 곳에서 구둣방을 하고 있더만. 배운 도둑질이 어떻다는 말이 있지만 그자가 서울에서 구둣방을 하고 있을 줄이야 어떻게 알았겠나…….”

이어 정람은 그 사람을 만난 이야기를 했다.

삼양동을 지나며 어느 쇼윈도에 우연히 시선을 보냈는데 거기 눈에 익은 형의 반장화가 있었다. 그 반장화는 분명히 러시아 스타일이었다. 겨울철이면 러시아인들이 즐겨 신는 마피로 된 반장화. 유리창 너머를 유심히 바라보고 있는데 그때 돌연 뒤에서 “동 선생님 아니십니까” 하는 소리가 났다. 돌아보았다. 정람도 그 사람을 알아볼 수가 있었다. “당신은 하얼빈의 황?”했다. 그랬더니 “알아주셨군요” 하고 그 사람은 덥석 정람의 손을 잡았다. 그러고는 가게로 데리고 들어가 잠깐을 얘기하다가 그 가게에 이어져 있는 살림집으로 갔다. 거기서 여러 가지 이야기를 들었다.

"그 황 노인의 아들 이름이?"

경산은 기억 속을 뒤지듯 하며 물었다.

"황보현."

"그렇지 황보현이었지. 그땐 하얼빈 학원의 학생이었지? 아마."

"그랬지 그랬어."

"한국엔 언제 나왔다던가?"

"그렇게 서둘지 말게. 얘기가 많아."

"황 노인은?"

"죽었대."

"나보단 스무 살도 위니까 죽을 만도 하지만, 어데서 죽었다던가."

"전쟁이 끝난 그해의 겨울에 죽었대, 하얼빈에서."

"쯧쯧, 그래 보현 군은?"

"시베리아로 끌려가서 10년 남짓 그곳에 억류되어 있었다네."

"그런데 북한으로 가지 않고 잘두 남한으로 왔구먼."

"거게 또 극적인 얘기가 있어."

"헌데 임두생의 얘기는?"

"세상은 좁은 거라. 중국의 문자에 천망회회天網恢恢하여 소이불실疎而不失이란 말이 있더니만 드디어 발목을 잡히고 말았지."

정람이 이렇게 말하고 다음을 이으려고 할 즈음에 임영숙이 장만한 술상이 들어왔다.

"허어 성찬이로구나. 음악 대학을 졸업한 규수의 솜씨를 감상해봐야겠구나."

하고 정람이 반겼다.

"선생님두."

임영숙이 수줍게 술상을 밀어놓고 나가려는 것을 정람이 붙들었다.

"이왕이면 술을 치라우. 다음 심부름은 아주머니에게 시키구."

임영숙은 단정하게 앉아 술잔을 차례대로 채웠다.

"젊은 미인의 손으로부터 술잔을 받으니 회춘의 곡조가 떠오르는군."

정람의 기분은 이를 데 없이 좋은 것 같았다.

그런데 이만큼 되면 한마디쯤 익살이 있게 되어 있는 경산은 심각하게 표정을 굳게 한 채 술잔만을 들었다.

나는 호기심을 어쩔 수가 없었다.

"임두생이라고 하는 사람은 뭣을 한 사람입니까?"

"관동군의 밀정이었지."

정람이 서슴없이 말했다.

"관동군이라면 일본의?"

내가 어물어물 묻자,

"일본의 관동군이지 또다른 관동군이 있나 어디. 만주 천지를 누르고 못할 짓이 없었던 일본의 관동군. 임두생이란 놈은 그 악명 높은 관동군 특무 기관에서도 표독하고 음흉하다고 소문난 조선 놈 밀정 세 놈 가운데의 하나야."

정람의 말은 어느덧 연설조가 되었다.

"그 셋은 누구누구입니까."

"한 놈은 이동민, 한 놈은 선익태, 한 놈은 임두생. 두 놈은 천벌을 받고 죽었지. 그런데 임두생이만은 그 소재를 몰라 항상 마음속에 찌꺼기처럼 남아 개운치 않더니 드디어 오늘 소재를 알았다."

정람의 말이 엄숙한 기분을 띠었다.

경산은 시종 말이 없었다.

정람이 말을 계속 했다.

"임두생이란 놈 참으로 교묘해. 황보현 군은 아직도 그 정체를 모르고 있더란 말야."

이때 경산이 입을 열었다.

"그래 황 군에게 임두생의 정체를 말해줬나?"

"아냐."

하고 술잔을 비우곤 나에게 돌려놓고 정람이 말했다.

"그러나 아주 중요한 사람이니 내가 꼭 만나야겠다고는 했지. 하지만 내가 임두생을 만나기 전엔 절대로 황 군이 나를 만났다는 얘긴 하지 말라고 해두었어."

"당장 만나러 가지 않은 게 이상하군."

경산이 한 말이었다.

"그 근처에까진 갔지. 꽤 괜찮은 집에서 살고 있더군. 마누라는 서른 살쯤 아래라고 하지? 아마."

"그래 황 군은 그 임두생일 어떻게 만났다고 하던가."

"참 잊었군."

하고 정람이 말했다.

"그 구둣가게의 이름이 하얼빈 화점이야. 그래놓으니 임두생이 지나치다가 거길 들른 거야. 어느 날 노인이 들어와서 이 가게 이름이 하얼빈 화점인데 하얼빈과 무슨 관련이 있는가, 하고 묻더래. 사실대로 애길 했더니 임두생이 보현 군의 손을 잡고 자긴 황 노인의 친구라면서 눈물을 흘리며 좋아하더래. 그래 통성명을 했다는 거여."

"임두생이란 이름을 똑바로 대더란 말인가?"

"천만에, 임천수라고 하더래."

"헌데 정람은 그게 임두생이란 걸 어떻게 알았나?"

"육감이란 게 있잖은가?"

"그래 육감으로 그렇게 알고 있는가?"

하고 피식 웃었다.

"아, 이 사람아. 나를 뭘로 아는가. 놈의 집 근처의 복덕방에서 한나절을 지냈네. 놈의 얼굴을 확인할려구."

정람의 말이 있자 경산의 얼굴은 다시 음울하게 되었다.

경산의 그런 마음의 움직임을 눈치채지 못할 정람은 아닌데

도 혼자 쾌활하게 웃고 얘기하고 마시곤 돌연 날더러,

"이 군은 소명이란 문자를 아는가."

하고 물었다.

나는 모른다고 했다.

"소명이란 부를 소, 운명 명이라고 쓰지."

"운명 명이 또 뭡니까."

"생명의 명 자와 같이 쓰지만 소명이라고 할 땐 운명 명命이

되는 거라."

나는 그의 설명을 구하는 얼굴로 정람을 바라봤다.

"테러리스트에겐 소명 의식이란 게 있는 거여."

이때 경산의 날카로운 말이 있었다.

"정람, 술에 취했나?"

"취했다, 취했어."

그러자 임영숙이 아양을 섞어 말했다.

"더 많이 취하시기 전에 아까 말씀한 회춘의 곡을 불어줘

요."

"회춘의 곡?"

하며 눈을 가느다랗게 뜨고 정람이 피리를 꺼냈다.

임영숙이 날렵하게 자기 방으로 가서 녹음기를 갖다 놓았

다. 나는 녹음기를 갖다 놓는 임영숙의 동작에 불쾌한 내음을

맡았다.

그러나 정람의 피리 소리가 울려 퍼지자마자 이런저런 복잡

한 심상은 씻기듯 없어지고 황홀한 음악의 세계만 남았다. 경

산도 눈을 지그시 감고 피리 소리에 매혹된 듯했다.

미풍이 강을 건너면 달을 비춘 파도가 잔잔히 부서지고 먼 곳에서 노 젓는 뱃소리, 흥겨운 사공의 노래가 들려올 것만 같은……. 백화는 이슬에 젖어 그윽한 방향이 고요 속으로 침잠하고 나그네의 애타는 가슴이 아득한 향수의 노래를 부를 즈음 어찌 사람의 마음을 가진 자로서 눈물짓지 않을 수 있으리…….

정람이 피리를 끝내자 경산이 도연陶然한 표정으로 무릎을 쳤다.

그러고는 탄식을 섞어 읊었다.

"객유취통소자客有吹洞簫者, 의가이화지倚歌而和之, 기성오오연其聲嗚嗚然하니, 여원여모如怨如慕, 여읍여소如泣如訴하여 여음요요餘音嫋嫋히 부절여루不絕如縷로다. 무유학지잠교舞幽壑之潛蛟하고 읍고주지이부泣孤舟之釐婦러니……."

"피리 소리의 후렴으로선 그저 그만예요."

임영숙이 감탄한 표정이었다.

"그 말뜻을 알기나 해?"

"뜻은 몰라요. 그러나 음악적으론 감상할 수 있어요."

임영숙의 활달한 대답이었다.

"소동파의 〈적벽부〉 일절이야."

혁대에 피리를 넣으며 정람이 한 말이다.

"오늘 밤은 참으로 흐뭇했습니다."

내가 일어서자,

"바람을 좀 쏘이고 와야겠구나."

하고 경산이 따라나섰다. 피리를 불고 난 후면 정람과 임영숙 사이에 음악적인 토론이 있게 마련이었다. 그 시간을 만들어 줄 양으로 경산이 일어서는 것으로 나는 짐작했다.

비탈진 골목을 빠져나왔을 때 경산의 말이 있었다

"어디 가서 한잔쯤 술을 더했으면 하는데."

"그렇게 하시죠."

하고 내가 경산을 옆 골목에 있는 목로술집으로 안내하려고 하자 경산은,

"긴한 얘기를 할 수 있는 곳이면 좋겠는데."

했다.

중국집의 호젓한 방에 자리를 잡고 배갈과 안주를 청했다.

"큰일이 났네."

경산은 이렇게 시작했다.

"무슨 큰일입니까."

하고 내가 반문했다.

"아까 정람이 임두생의 소재를 알았다고 했지?"

"예."

"정람은 임두생을 그냥 두진 않을 거야. 그게 걱정이여."

"그냥 두지 않는다면?"

경산은 이 말엔 대답하지 않고 배갈 잔을 입에 갖다 대다 말곤 멍청히 벽 한쪽을 응시하고 있었다. 나는 잠자코 술잔을 들었다.

"큰일이 났네."

하고 경산은 다시 한 번 되풀이했다. 나는 경산의 다음 말을 기다리고 있을 수밖에 없었다.

이윽고 경산이 입을 열었다.

"많은 조선 사람들이 관동군 앞잡이 노릇을 했지. 그 가운데 어느 놈은 제법 높은 벼슬을 하고 지금도 환롱을 치고 있어. 그러나 그런 피라미 같은 놈들이면 정람도 상관하지 않겠지. 내게 그렇게 말하기도 했으니까. 그러나 임두생은 가만두지 않을 거라. 그게 걱정이란 말일세."

"가만두지 않는다면 죽인단 말입니까?"

경산은 대답 대신 이런 말을 했다.

"관동군 밀정 가운데 가장 악명이 높았던 놈이 이동민, 선익태, 임두생이었는데 물론 아는 사람은 알고 있지. 누구나 다 알고 있는 건 아니지.

그런데 이동민과 선익태는 처리가 되었다. 놈들이 죽었다고 해서 놈들이 범한 죄를 보상할 수 있을까만 하여간 그들의 죄의 대가를 일부분 일망정 치르긴 했다……."

"맞아 죽은 겁니까?"

"그렇지."

그때 기억 속에 되살아난 사실이 있었다. 이동민은 2대인가, 3대의 국회의원을 한 사람이 아닌가 하는. 그래서 물었다.

"이동민은 혹시 국회의원을 지낸 적이 있는 사람 아닙니까?"

"바로 그 사람이지. 해방 후엔 무슨 신문사를 만들어가지고 시끄럽게 날뛰기도 했구."

"그 사람이면 자동차 사고로."

"자동차 사고로 죽은 것으로 되어 있지. 그러나 사실은 그런 게 아냐."

"사고사가 아니고 타살이란 말입니까?"

"상세하게 설명할 필요까지 있겠나. 어느 지점에서 자동차 사고를 내도록 미리 준비한 사람이 있었다는 사실만 알아두게."

"그래요?"

하고 나는 놀랐다.

"그러나 지금 그 일이 밝혀진다고 해도 시효에 걸렸으려니와 흔적도 없을 거니까."

"선익태는 어떻게 죽었습니까?"

"그놈은 강도에게 맞아 죽은 것으로 돼 있지 아마."

"강도 살인을 가장한 암살이었다는 말이군요."

"그렇지."

"그럼 누가 이동민과 선익태를 죽인 겁니까?"

경산은 말이 없었다.

무거운 침묵이 을씨년스러운 방안을 누르듯 했다.

나는 그 침묵의 의미를 알 것 같았다.

"이동민과 선익태를 죽인 사람이 동일이란 것만은 확실하죠?"

경산은 무겁게 머리를 끄덕였다.

"아직도 그럴 용기를 가지고 있을까요?"

나는 정람을 염두해 두고 이렇게 물었다.

"용기를 가졌다마다. 아까 그가 한 소리 듣지 않았나. 테러리스트에겐 소명 의식이 있다는 말을. 그 사람의 고집을 꺾을 순 없어. 평생을 그렇게 살아왔으니까. 그러나 난 꼭 말렸으면 해. 어떻게 해서라두."

"선생님이 타이르시면 어떻겠습니까. 모두 소용없는 일이라구요."

"그 사람 오늘 밤 신이 나 있는 모양 보지 않았나."

하고 경산은 입맛을 쓰게 다셨다.

"이제 와서 그 임두생인가 하는 노인을 처치해본들 무슨 소용이 있겠습니까. 어떻게든 말려야지요. 제가 한번 나서볼까요?"

"정람의 의식 구조는 달라. 우리완 전연 딴판이야. 상식이란 것이 들어설 틈서리가 없는 거야. 이 군이 나서도 안 될 걸세."

"임영숙 씨에게 시키면?"

"그것도 어림이 없어."

"그럼 어떻게 해야 되겠습니까. 정람 선생이 살인범으로서 묶여 가는 꼴을 보고만 있을 순 없는 일 아닙니까?"

"살인범으로 묶일 그런 서툰 짓은 안 하겠지만…… 아무튼 쓸데없는 짓이니……."

하고 망설이듯 하더니 경산이 탁자를 건너 내 손을 잡았다.

"이 군이 한 역할 해주어야겠어. 이 군이 그 임두생일 찾아가서 귀띔을 해주게. 정람이 당신의 소재를 알았으니 다른 곳으로 몸을 피하라구."

이건 정말 뜻밖의 말이었다.

나는 얼떨떨해진 가슴을 가까스로 진정하고 다음과 같이 말했다.

"전 그 짓은 못하겠습니다."

"정람을 위기에서 구하는 방법은 그 길밖에 없어."

하고 경산이 한숨을 쉬었다.

"그러나 전 그 짓은 못하겠습니다."

하고 결연하게 되풀이했다.

"그럴 거야. 내가 지나친 부탁을 했다. 미안허이. 이 군."

경산이 깊숙이 머리를 숙이며 말했다.

그 이튿날 아침 임영숙을 만났다. 아침 일찍인 시간이었기 때문에 어디로 가느냐고 물었더니,

"해장거리를 사러 가요."

하는 답이 있어서 정람 선생님이 술 많이 취했느냐고 물었다.

그렇다는 대답이어서 경산 선생은 어떠냐고 물었다. 임영숙의 답은 경산 선생은 모르겠다는 것이다. 나는 슬그머니 화가 났다.

"정람 선생을 소중히 할 생각이 있거든 경산 선생을 더욱 소중히 하세요. 그런데 경산 선생은 어떻게 됐는지 모르겠다고

하니 내 기분은 좋지 않소."

임영숙은 이상하다는 얼굴로 나를 봤다.

잘 가세요, 하고 보내버리려고 했지만 임영숙의 가는 방향이 내가 아침마다 산책하는 길이라 사이를 두고 천천히 그 뒤를 걸어가고 있었는데 임영숙이 가다가 돌아보며 한다는 소리가,

"왜 뒤를 따라오십니까?"

하는 것이었다. 나는 어이가 없어 이 길이 내 매일 아침 산책하는 길입니다, 라고 했다. 그랬더니 임영숙의 말이 또 당돌했다.

"난 정람 선생님의 해장국을 끓여드리기 위해 거의 매일 아침 이 길을 가는데도 이 선생이 산책하는 걸 못 봤는데 어떻게 된 일일까요."

"사, 오 분쯤 차이는 있었겠죠. 나는 이 길로 가서 만리동 쪽으로 가지 시장 쪽으론 안 갔으니까요. 만리동으로 갔다가 항상 이십 분쯤 걸어서 돌아오니까 서로 만날 기회가 없었겠지요. 그런데 내가 미스 임을 따라 간다느니 하는 말을 하니까 별로 기분이 안 좋아요."

임영숙의 얼굴이 핼쑥하게 되었다. 그리고 나더러,

"모닝커피라도 같이 할까요?"

하며 어색한 웃음을 웃었다.

"합시다."

했지만 어디서 모닝커피를 하는지 나는 몰랐다.

그런데 임영숙은 이리로 오라고 하면서 나를 어느 커피집으

로 이끌었다.

　그런데 그 커피집이란 곳이 그곳에서 산 지가 몇 년이 되었는데도 알 수가 없었던 나지막한 그런 커피집이었다. 임영숙은 자리를 권하고 난 후 보통 커피를 할까요 모닝커피를 할까요 하고 물었다.

　나는 어리둥절해서,

　"보통 커피는 어떻고 모닝커피는 어떤 겁니까."

하고 되물었다.

　"정작 그걸 몰라요?"

　임영숙의 웃음은 야릇했다.

　"몰라요."

　내 대답은 퉁명스러울 수밖에 없었다.

　"그럼 모닝커피를 자셔보세요."

　나는 잠자코 있었다.

　이윽고 그 모닝커피라는 것이 날라져 왔다.

　별것 아니었다. 커피 안에 달걀이 떠 있었다.

　"참으로 한심하군요. 달걀이 있고 없고가 커피와 모닝커피와의 차이라고 한다면……."

　어머나 하는 얼굴로 임영숙이 날 봤다.

　"커피에 달걀을 넣어서 먹는 취미, 마시는 취미, 난 경멸해요. 나는 설탕도 우유도 없는 커피 한 잔 마시겠소."

　그때 임영숙의 표정이 이상한 빛깔로 변했다.

　그대로 있으면 내 마음이 약해질 것 같아 용기를 냈다.

"미스 임, 미스 임은 정람 선생을 어떻게 생각하고 있소."

미스 임은 멍청히 나를 바라만 보고 있었다.

그 표정을 향해 다시 내가 말했다.

"미스 임은 정람 선생을 진정으로 좋아하는 겁니까, 미끼로 삼고 있는 겁니까."

임영숙은 가만히 고개를 숙이고 있었다. 자칫 말을 잘못하기만 하면 폭탄처럼 터져버릴 작정이었는데 임영숙의 말은 조용했다.

"사실은 제가 그걸 모르겠어요. 나는 세상에서 그런 어른을 처음 만났으니까요."

"모르겠다는 말은 이상한데?"

하고 빈정대듯 말했다. 그랬더니 임영숙의 말은,

"사실 저는 어떻게 할 바를 모르겠어요. 그 천의무봉의 곡이 산일되고 없어진다고 하면 얼마나 아쉽겠어요. 그래서 그 곡을 전부 주워 담으려고 했죠. 그러다가 보니 욕심이 나데요. 만일 이 곡을 전부 내 것으로 하고 세계 작곡계에 나서면 어느 누가 상대가 되겠어요. 진짜 정람은 천재입니다. 자신의 재능에 대해 관심이 없는 그만큼 그야말로 천의무봉이랄 밖에 없는 천잽니다. 나는 그 천재에 편승해서 이름을 올려볼까 하는 생각을 가지고 있었습니다. 욕심 없이 던지는 보물을 가지고 상인들이 장사를 한다는 것이 나쁠 것이 없듯이 그러한 천의무봉의 천재에게서 얻은 음악을 내 이름으로 발표해서 한 사람 영광스럽게 되는 것도 나쁘지 않겠지 하고 생각하고 있었던 거예요. 그런데 요즘 제 생각이 달라지고 있는 것 같애요."

"어떻게."

하고 내가 물었다.

"어떻게고 뭐고 지금은 생각할 여유가 없어요."

"그러나 당신은 정람 선생을 디딤돌로 해서 크게 이름을 팔아보겠다는 야심을 포기하지는 않았겠지요."

"그렇습니다."

하는 임영숙의 눈은 너무나 진지했다. 나는 그 눈에 충격을 받지 않을 수 없었다. 여태 내가 생각한 것이 잡스럽다고 느꼈기 때문이다. 나는 경산 선생으로부터 들은 임두생과의 관련을 얘기하고 앞으로의 문제를 의논해볼까 하는 생각까지 할 뻔하다가,

"미스 임."

하고 불렀다. 임영숙은 멍청한 그러나 날카로운 눈초리로 나를 바라보았다. 그때 아차 그 애기는 삼가야겠다는 마음으로,

"앞으로 미스 임은 정람 선생과의 생활을 어떻게 매듭지을 생각입니까."

하고 물었다. 임영숙은 고개를 숙였다. 그리고 조용하게 말했다.

"사실은 전 명년 사월에 프랑스 파리의 콩세르바투아르에 가기로 되어 있어요. 그런데 거기엔 세계 음악의 천재들이 모이는 곳이잖아요. 그때 정람 선생의 곡을 가지고 갈 참이어요."

"몇 곡이나 채보를 하셨소."

"육십 곡쯤."

"그러고도 또 더할 게 있어요?"

"아마 제 짐작으론 이백 곡쯤 해서 백 곡쯤으로 추릴 작정이
에요."

"백 곡이면 대단한 부핀데요."

"채보도 문제지만 분류를 해서 편곡하는 것도 대단한 일이
에요."

"편곡을 해야 합니까."

"그래요, 채보한 것은 멜로디뿐이니까요."

"분류는 또 뭡니까."

"모두 플루트곡으로서 처리할 수 있지만 그 가운덴 피아노
곡으로 했으면 하는 것도 있고 바이올린곡으로 했으면 하는
것도 있고 가사를 붙여 가곡으로 했으면 하는 것도 있고……."

"아닌 게 아니라 대단한 일이겠군."

"편곡이라는 것도 보통 상상하는 것보단 쉬운 게 아니에요."

"그렇다면 그 곡들을 전부 임영숙 씨의 곡으로서 발표해도
되겠군."

"그렇게 할 생각을 안 해본 건 아니지만 도저히 내 곡으론
믿어주지 않을 그런 곡도 많고 그보다는 정람이라고 하는 무
명의 음악가가 무명인 채 한국에 묻혀 있다는 사실을 알리는
것이 더욱 감동적이지 않을까 하는 생각을 해요. 그것을 발굴
했다고 하는 명예만으로서도 제겐 충분한 보람이 있을 것 같
아요."

나는 임영숙의 말을 들으며 살큼 감동하고 있는 나 자신을 발견했다.

그리고,

"해장국거리를 빨리 사 가셔야지요."

하고 일어섰다.

복잡한 사정이 있는 집이나 사람으로부턴 멀어지려는 성향이 내겐 있다.

나는 경산 선생의 집에 한동안 발을 끊었다.

그리고 한 달쯤 되었을까.

그날 밤 나는 늦게 집에 돌아와 자리에 누우려고 하던 차에 대문을 두드리는 소리를 들었다. 누굴까 하고 나가보았더니 정람 선생이었다.

어스름 달빛이 있는데도 구겨진 바바리코트의 어수선한 모양이 눈에 띄었다.

"밤 늦게 실례허이."

정람의 말투에 주기가 묻어 있었다.

"이리 좀 들어오시지요."

늦은 밤에 갈 곳도 미처 생각나지 않아 나는 우선 그렇게 권했다.

"실례해도 될까?"

"좋습니다."

"오늘 밤 나는 긴히 이 군에게 할 말이 있어서 왔어."

하고 정람은 대문간으로 들어섰다.

"내일에나 만날까 내일에나 만날까 하고 기다렸는데 이 군이 나타나야지."

정람은 중얼거리면서 나를 따라 방으로 들어왔다. 나는 옆방의 아내를 불러 간단히 술상을 보라고 일렀다. 정람은 한참 동안 내 방의 이 벽 저 벽에 세워놓은 책장을 둘러보고 있더니,

"이게 한국 작가의 방이로군."

하고 고개를 끄덕였다. 그러곤 한다는 말이,

"초라한 게 좋아. 초라한 게 한국인의 체취에 어울려. 이 방 마음에 들었다."

며 웃었다.

그런데 그 정람의 웃는 얼굴에 황폐한 기분이 돌았다. 정람은 팔순 가까운 나이며 주름 깊게 새겨진 얼굴이었어도 고목과 같은 든든한 정력을 느끼게 했는데 그날 밤의 얼굴에선 노폐의 극에 이르렀다는 인상을 받았다.

"선생님 어디 아프신 게 아닙니까?"

어름어름 물었다.

"아프지, 아픈 데가 많아."

탄식을 섞어 정람이 말했다.

"그럼 병원에……."

말이 나오기가 바쁘게 가로막곤,

"몸이 아픈 게 아니라 마음이 아파."

하곤 아내가 술상을 들고 들어오는 것을 보자,

"야심 방문은 비례인 줄 알면서도 이렇게 찾아왔시다."

하는 인사를 했다.

　주변이라곤 없는 아내는 미소를 지어 보일 겨를도 없는지 총총히 바깥으로 나가버렸다. 나는 잔에 술을 따라 정람 앞에 갖다놓았다. 정람은 서슴없이 잔을 비우곤 다시 내밀었다.

　"전작이 있으신 것 같은데 폭주를 해서 되겠습니까?"

하고 내가 망설이자,

　"이 사람 권주는 못할망정 술상까지 내어놓고 금주를 강요할 텐가."

하고 정람은 익살이었다.

　그렇게 서너 잔을 연거푸 마시더니 정람은 눈을 멍청히 뜨고 중얼거렸다.

　"나도 이제 볼 장 다 본 것 같애."

　"무슨 일이 있었습니까. 말씀하시죠."

　"이 군을 찾아올 땐 이반 카라마조프가 알료샤 카라마조프에게 퍼부어 젖히듯 토론을 퍼부을 작정이었는데 초라한 소설가의 방에 앉아 쓸쓸한 책들의 동문자를 보니 기를 꺾이고 말았구먼."

　"토론은 이런 데서 해야 하는 겁니다. 제가 읽기론 이반과 알료샤가 토론한 장소도 그다지 화려한 곳은 아니었던데요."

　"화려하지 않대서가 아니야. 너무나 쓸쓸한 장소에선 토론이 시들어."

　"제 사는 게 그렇게 쓸쓸해 보이십니까."

하고 나는 쓰게 웃었다.

　"그런 것도 아니지. 그런 것도 아니지만."

하더니 정람은 돌연 나를 불렀다.

　"이 군."

　"예?"

　"이 군은 센티멘털리즘을 어떻게 생각하는가?"

　"최소한도의 휴머니티가 아니겠습니까?"

　"최소한도의 휴머니티라, 썩 좋은 말이군. 그런데 그 최소한도의 휴머니티 때문에 휴머니티의 이상을 말살해야 한다면 이건 문제가 되지 않을까?"

　"너무 추상적인 설문이라서 말씀의 뜻을 분간할 수 없습니다."

　"그럼, 구체적으로 말하지. 천벌을 받아야 마땅한 놈을, 휴머니티의 이상은 천벌을 받아야 할 놈이 천벌을 받게 하는 데 있는 건데, 조그마한 동정심 때문에 그놈을 용서한다면 되겠느냐, 이 말이다."

　"그 말씀도 역시 추상적입니다. 왜 천벌을 받아야 하는지도 알 수가 없고 조그마한 동정심이 어떻게 해서 생기게 되었는지도 불분명하구요."

　"좋아. 이 군의 태도는 토론자다운 질문이다. 그럼 내 구체적으로 얘기를 하지."

　정람이 목청을 다듬는 동안 나는 술잔을 들었다.

　"이 군, 임두생이란 놈의 거처를 내가 알았다고 언젠가 말했지?"

"예."

"그놈의 손에 걸려 죽은 한국인의 수는 직접 간접으로 수십 명은 될 걸세. 그놈의 밀고 때문에 백 명 가깝게 모인 집이 폭파되어 몇 사람 제외하곤 몰살한 경우도 있으니까. 그러나 나는 그런 불특정 다수까지 들먹일 생각은 없어. 다만."

하고 정람은 술로 목을 축였다.

나는 다음 말을 기다릴 뿐이었다.

"한 가지만을 문제로 하겠어. 경산의 부인이 바로 그놈에게 붙들려 죽은 거야. 그저 죽기나 했으면 또 몰라. 그놈이 욕을 보인 바람에 자살을 했어. 경산이 허무주의자가 된 까닭이 그 사건에 있지. 자긴 말하지 않아도 나는 알고 있어. 그 무렵만 해도 경산은 세상을 희망적으로 보았지. 이동휘의 막료로서, 아니 그 유지를 받든 사람으로서 하나의 목표를 향해 걸었지. 그런데 그 사건이 있고부터 허무주의자가 된 거야. 다소 노선이 틀렸다고 해서 적대시하는 독립군 내부의 서로를 적시敵視하는 풍조에 염증을 낸 거지. 임두생과 통해 있는 놈이 바로 독립군 내부에 있었으니 말이 돼? 경산의 부인은 착하고 아름다웠지. 그들 부부는 신념을 같이한 부부였어. 세상에 그런 결합은 쉽지 않을 거로구만. 그런데 임두생이란 놈에게 붙들렸지. 그 고문이 오죽했겠나. 그래도 경산의 거처를 불지 않자 왜놈 헌병에겐 이 여자를 데리고 가면 경산의 거처를 알아낼 수 있다고 헌병대에서 꺼내 여관으로 데리고 가선 반실신 상태에 있는 부인을 능욕했단 말일세. 정신을 차려 그 수모를 알자 부인은 '임두생이 원수' 란 쪽지를 써놓고 자결하고 만 거야. 그런 짓을 한 놈이 해방된 조국에 돌아와서 한 말은 나는 빨갱이를 잡기 위해 일본군과 협력한 일이 있을 뿐이라는 거였어. 그리고 또 한다는 소리가 대한민국의 적이 공산당이면 나는 대한민국을 위한 공로자라고 했겠다. 좌우의 투쟁 속에 미꾸라지처럼 용케 살아남은 거야. 그놈을 내가 발견했어. 나는 기뻤다. 내 마지막 가는 길에 소원 성취를 할 수 있구나 하구……."

그런데 경산은 정람을 말렸다.

"죽은 자로 하여금 죽게 하라!"

"스스로 벌을 받도록 내버려둬라."

하는 등의 말을 하며 경산은 한사코 정람을 말렸다.

그러나 정람은 듣지 않았다.

정람은 착착 준비를 서둘렀다.

"그놈 따위를 죽이고 내가 철창신세가 되어야 되겠는가 말이다. 그놈을 죽였대서 내가 대한민국의 형을 받으면 대한민국으로 하여금 민족의 대의에 죄를 짓게 하는 것이니 어찌 내가 대한민국 경찰에 붙들리는, 그런 서툰 짓을 할 수 있겠는가. 그래서 쥐도 새도 모르게 나는 그놈을 없앨 궁리를 했지. 그 궁리는 거의 성공할 단계에까지 갔지. 며칠만 기다리면 절호의 찬스가 오게 돼 있었던 거라…… 그런데……."

정람은 여기서 말을 끊고 신음했다.

"아아, 괴로워 괴로워."

"물을 드릴까요."

"필요 없어."

나는 서랍을 뒤졌다. 약을 찾은 것이다. 청심환을 찾아드렸더니 정람은 손을 저었다.

"필요 없다니까 그러네."

하고 정람은 자세를 바로 하곤 술잔을 들어 다시 목을 축였다.

나는 잠자코 귀를 기울였다.

"일주일 전이었어."

하고 정람이 얘기를 시작했다.

"남의 눈에 띄지 않게 그날도 임두생의 동태를 살피고 있었지. 놈이 자기가 천벌을 받는다는 사실을 알게끔, 그러나 그 밖의 사람은 아무도 모르게끔 놈을 처치할 궁리를 하고 놈의 집 골목을 지켜보고 있는데…… 뭐 이건 지켜보고 있으면 아이디어란 떠오르는 법이야. 룹신의 글을 읽으면 테러리스트가 명상에 잠기는 장면이 있지. 심오한 철리哲理도 명상에서 나오거니와 감쪽같은 테러의 방법도 명상에서 나오는 것이거든. 나는 그 골목을 지켜보고 있으면서 명상에 잠기고 있었지. 장소는 2층 다방인데 그 창가에 앉아서 보면 임두생의 집 일부와 그 집으로 통하는 골목길이 환히 바라보이는 곳이아. 그런데 돌연 골목으로 들어가는 임두생의 뒷모습이 보이지 않았겠나. 놈도 무척 늙었거든. 보잘것없이 늙은 놈의 뒷모습을 바라보고 있으면서 저런 몰골로 살아갈 놈이 무엇 때문에 그런 끔찍한 짓을 했을까 하는 생각을 해봤지. 좋은 일을 하기에도 인생은 짧은데 나쁜 일까지 할 겨를이 있었을까 싶은 생각도 들고

말야. 그때 내 눈을 끄는 것은 임두생의 손을 잡고 따라가는 일
여덟 살 되는 계집애였어. 조그마한 책가방을 짊어지고 하얀
스타킹을 신었는데 스타킹을 신은 가느다란 다리가 묘하게 인
상에 남더만……."

그래서 정람은 그 근처의 목로술집에 들러 임두생의 집의
사정을 알아보려고 했다. 그런데 공교롭게도 그 목로주점의
안주인은 간혹 임두생의 집일을 도와주기도 하는 처지라면서
그 집 사정을 소상하게 알고 있었다.

목로술집의 안주인의 말에 의하면 임두생은 서른 살인가 아
래인 아내에게 깔려 사는 형편인데 여간 구박을 받고 있는 것
이 아니라고 했다. 정람은 일여덟 살 되어 보이는 소녀가 임두
생과 어떤 관계에 있느냐고 물었다. 그 결과 정람은 다음과 같
은 사정을 알았다.

재작년인가 그 재작년, 근처에 세 들어 살던 미장이 부부가
연탄 중독에 걸려 그 딸아이를 남겨놓고 죽었다. 그런데 어떻
게 된 셈인지 아무리 찾아도 그 부부의 계루가 되는 사람이 나
타나지 않았다. 부득이 그 딸아이는 어느 고아원으로 보내야
만 되게 되었는데 임두생이란 노인이 나타나서 자기가 키우겠
노라고 했다.

명동엔가 종로에서 양품점을 하고 있다는 임두생의 마누라
는 단 한 식구라도 붙는 것을 완강히 반대했다. 소문으론 그 여
자에겐 전부前夫와의 사이에 아이가 있어 번 돈을 양육비로 보
내고 있다고 했다. 내 자식도 내 손으로 키우지 못하는 주제에

118

남의 자식을 데려와 키운다니 말이 되는가 하고 임두생에게
덤벼든 적이 있다는 것이다.

그래도 임두생은 그 일만은 양보를 하지 않고 그 아이를 데
리고 와서 자기 방에 재우고 손수 먹을 것도 찾아 먹이며 2년
동안을 지내왔다고 했다. 아무튼 임두생의 그 소녀 이름은 선
애라고 한단다. 그 소녀에 대한 정성은 대단한 것인 것 같았다.

"나는 임두생이 그 소녀의 손을 잡고 들어가더라는 얘기를
했지. 그랬더니 아마 학교에 가서 같이 돌아오는 모양이란 안
주인의 대답이었다. 선애는 금년에 국민학교에 들어갔는데 임
두생은 아침저녁 하루도 빼지 않고 선애를 학교에 데리고 가
고 학교에서 데리고 오곤 한다는 얘기였어. 그 말을 듣고 보니
가슴에 맺히는 게 있드면."

하고 잠시 입을 다물고 있더니 정람이 괴로운 듯 말을 이었다.

"내가 임두생이란 놈을 처치해버리면 그 선애라는 아이는
두 번째 어버이를 잃는 셈으로 되지 않는가. 그러니 행동이 망
설여지지 않을 수가 없어."

조용히 듣고 있다가 나는 고개를 들고 물었다.

"그 선앤가 하는 아이를 생각하게 되었다는 걸 조그마한 휴
머니즘이라고 하셨습니까?"

"그렇다."

는 정람의 대답이었다.

나는 좋은 기회라고 생각하고 말에 힘을 주었다.

"그건 절대로 조그마한 휴머니즘이 아닙니다. 어린아이의

장래를 생각해주는 것이 어떻게 조그마한 휴머니즘입니까. 그
건 큰 휴머니즘입니다. 대단히 큰……."

"그렇다고 해서 천벌을 받아야 할 놈을 그냥 둬?"

"선생님의 말씀을 들으니 그는 지금 천벌을 받고 있는 중인
것 같습니다. 나이 젊은 아내에게 구박을 받고 산다는 게 천벌
을 받고 있는 꼴 아닙니까."

"그러나 그것 갖곤 모자라. 그놈이 한 짓을 생각하면 도저히
그놈을 그냥 둘 순 없는 거야. 경산의 부인에 대한 소위만 하더
라도."

"경산 선생 본인은 이미 용서하고 있다지 않습니까?"

"경산은 용기가 없어서 그따위 소릴 하고 있는 거야. 그는
피가 말랐어. 그리고 그 문제는 경산의 문제만이 아니야. 경산
이 아무리 말려도 소용없어. 그놈은 꼭 해치워야 돼. 해치워야
되는데……."

"그 어린 소녀가 마음에 걸린단 말씀이죠?"

정람은 대답 없이 고개만 끄덕끄덕했다.

나는 다시 말에 힘을 주었다.

"임두생을 처치한다는 건 과거의 행적에 대한 보복 아닙니
까. 이미 지나간 일을 결착決着내겠다는 것이 아닙니까. 그러니
정람 선생이 그자를 처치해도 현실적으론 플러스도 마이너스
도 되질 않습니다. 사태에 하등의 변동도 주지 못한다는 말입
니다. 그런데 선앤가 하는 그 아이의 어버이를 빼앗는 사실은
중대한 결과를 낳습니다. 그 아이는 어디로 가야 합니까. 고아

120

원에 가야 하겠죠. 어쩌면 다른 보호자가 나올지 모르지만 그 아이가 받는 상처는 영영 아물 수가 없을 겁니다. 뿐만 아니라 그로 인해 어떤 엄청난 불행이 닥칠지도 모르는 일 아닙니까. 제 소견입니다만 그 아이의 장래를 위해서라도 정람 선생님이 결심을 포기하시는 게 좋을 것 같습니다."

"나도 그쯤은 생각하고 있어. 그래서 괴로운 거야. 눈앞에 보면서 그놈을 놓쳐야 하는 게 억울하단 말야."

"사람은 백 번 된다고 하잖습니까. 지금쯤 임두생은 그의 과거를 철저하게 뉘우치고 있을지도 모르는 일 아닙니까."

"뉘우쳐? 뉘우친다고 해서 지은 죄가 보상될까? 뉘우치는 것하고 보복을 받는 것하곤 별개의 문제야. 그러나저러나 난처하게 됐어."

"그래서 선생님은 얼굴빛을 상하시도록 고민하고 계시는 겁니까."

"내 고민이 달리 있겠나, 어디."

나는 말문이 막힐 지경이었다.

이 각박한 세상에 이처럼 순수한 고민을 하고 있는 사람이 있다는 사실이 놀라웠던 것이다. 아니 정람이란 존재 자체가 놀라웠다고 하는 게 옳을지 몰랐다. 그러한 순수한 고민자를 앞에 하고 잡스런 생각으로 가득한 속물이 감히 무슨 말을 끼울 수 있단 말인가.

나는 잠자코 술잔을 들었다.

"대신 다리뼈나 하나 분질러놓을까."

혼잣말처럼 정람이 중얼거렸다.

정람이 빈 술잔에 술을 따르고 내 잔에도 술을 따라놓고 나는 기회를 기다렸다. 정람은 뭔가를 그 순간에 결정해야 하는 모양으로 허공의 일점에 시선을 고정시키고 있더니,

"아냐."

하고 신음하는 듯 말을 짜냈다.

"놈이 고귀하고 인자한 마음으로 그 아이를 키우고 있는 게 아닐 거야. 미끼를 키우고 있는 요량일지도 몰라. 곱게 키워 그 애를 팔아먹을 작정일지 모르지. 그놈은 한때 봉천에서 포주 노릇을 한 적도 있으니까. 그따위 장수를 한 놈은 그 버릇을 고칠 수 없다는 말이 있다."

동시에 정람의 얼굴이 눈에 보이듯 밝아졌다.

"틀림없어. 내 추측은 틀림없을 거라."

정람은 무슨 중대한 발견이라도 한 것처럼 이렇게 되풀이했다.

나는 다시 아연하지 않을 수 없었으나 가만있을 수도 없었다.

"선생님, 너무 성급하게 단정하는 건 옳지 못합니다. 이렇건 저렇건 확인하셔야죠. 그것을 확인하는 방법은 있을 겁니다. 그러니⋯⋯."

"확인할 방법이 있다구? 그럼, 말해봐. 양단간 빨리 결정을 내려야겠어."

정람은 숨가쁘게 말했다.

"뭣이건 확인할 방법은 있지 않겠습니까."

이렇게 말하는 나를 정람이 멍청한 눈으로 바라보았다. 나는 말을 계속했다.

"문제를 옳게 세우기만 하면 답안은 있게 마련이니까요."

"그 말은 맞아. 우리들의 과오는 모두 문제를 바로 세우지 못한 데 있었으니까."

정람의 그 말을 파고들어가면 만만치 않은 얘기의 근원이 있을 것 같아 나는 이렇게 말해보았다.

"임두생의 본심을 떠보는 방법은 차차 생각해보기로 하고요. 제겐 못 견디게 알고 싶은 게 있습니다."

"그게 뭔데."

"단적으로 말하면 테러리스트의 심정 같은 겁니다."

정람은 한참 동안 입맛을 다시고 있더니 뚜벅 말했다.

"한 그루의 나무에도 마음이 있을 텐데 테러리스트의 마음이 없겠는가."

"그걸 알고 싶다. 이겁니다."

"어려울 것 없어."

하고 정람이 눈을 감았다.

그리고 이어진 말은

"사랑이다. 사랑."

"사랑으로 사람을 죽여요?"

"보다 큰 사랑을 위해선 사람을 죽일 수도 있지."

"못 알아듣겠습니다."

"소설가의 상상력으로써 그걸 짐작 못 해?"

"못 하겠는데요."

"그럼 내 말 하나 마나일 것 같군."

"조금만 더 설명을 하시면."

"설명은 불가능해."

"그래두."

"불교의 문자에 언어도言語道가 단斷한다는 말이 있지 왜."

"있습니다."

"그건 즉 말로썬 도저히 할 수 없는 데까지 갔다는 얘기가 아닌가."

"그렇습죠."

"한데 언어도가 단해도 마음은 좀 더 갈 수가 있지. 그게 심행처心行處란 것이 아니겠는가."

나도 잠자코 귀를 기울였다.

정람의 말은 계속되었다.

"심행처도 멸하는 곳이 있지. 즉 언어도가 단하고 심행처가 멸하면 불도佛徒는 괘구벽상掛口壁上하고 면벽구년面壁九年 하는 거라. 입을 떼어 벽 위에 걸어놓고 벽을 향해 구 년을 앉아 있다는 얘긴데 꼭 구 년일 건 없지. 영원히 그렇게 해도 돼. 9란 숫자엔 영원이란 뜻도 포함돼 있는 거니까"

"……."

"그런데 그러지 않겠다는 게 테러리스트다. 언어도가 단하고 심행처가 멸하면 집곰執劍 또는 집총執銃하여 바깥으로 뛰어나가 누구의 원수이건 원수를 골라 죽이는 게 테러리스트야."

"왜 꼭 죽여야 하는 겁니까. 적당한 벌이 얼마라도 있을 텐데요. 깨우쳐줄 수도 있을 게구요."

"이 사람아. 내 말을 어떻게 듣고 있어. 언어도가 단했는데 무얼 어떻게 깨우친단 말인가. 심행처가 멸했는데 벌을 어떻게 평량評量한단 말인가."

"……"

"신은 이미 죽었다 이거야. 섭리의 진행자는 사람일밖에 없다 이거야. 테러리스트는 신을 대리한 섭리의 집행자야."

"누가 그걸 인정합니까."

"자기 자신이."

"어떻게요."

"용기와 실천력이 자기에게 있다는 것을 행동으로써 증명하는 그 순간에 섭리의 진행자로서의 자격을 얻는 거지. 그는 사람이면서 이미 사람이 아냐. 초인이 된 거지. 니체가 말하는 그 따위 빈혈적이고 귀족적인 초인이 아니라 다혈질이며 괴위魁偉하고 당당한 초인이지. 잠꼬대를 닮은 영웅으로서의 초인이 되는 거야. 그런 초인이 곧 테러리스트다."

"그러나 살생은 어디까지나 살생이 아닙니까. 살생은 무슨 의미에서라도 죄악이 아닙니까."

"살생은 죄악이지."

"그런데?"

"테러리스트는 살생은 안 해."

"그건 또……"

“들어보게. 테러리스트는 살생하지 않아. 살사殺死할 뿐이야. 다시 말하면 이미 죽은 자를 죽이는 거야.”

“죽은 자를 죽인다는 건 의미가 없지 않습니까. 그러나 현실론 살아 있는 자를 죽이지 않습니까, 테러리스트들은.”

“이 군은 소설가니까 알 거야. 이 세상엔 죽은 놈이 살아 있는 행세를 하는 자가 많아. 이미 죽었어야 할 사람이 아직 살아 있는 자도 많아. 죽기만을 기다리고 있는 자도 많아. 테러리스트가 죽이는 대상은 그런 자 가운데서 뽑힌 자들이다. 자기의 죽음을 준비하고 있는 놈들만을 죽이는 거다. 가령 임두생이란 놈을 예로 들자. 그놈은 벌써 죽은 자야. 이미 죽었어야 할 자야. 죽기를 기다리고 스스로의 죽음을 준비한 자야. 죽기를 준비하지 않고 어떻게 그따위 비인간적인 행동을 할 수 있었겠는가 말이다.”

“……”

“테러리스트는 자비를 베푸는 사람이다. 죽길 준비했는데도 죽지 못하는 놈에게 죽음의 형식을 주니까.”

“……”

“테러리스트는 욕심이 없는 사람이다. 세계를, 사회를 시정해서 그 속에서 멋지게 살겠다는 따위의 욕심이란 없어. 죽어야 하는 자를 죽인다는 섭리의 집행자일 뿐이며 아무런 보상도 바라질 않는다.”

“……”

“테러리스트는 시인이다. 우주의 원한을 스스로의 가슴속

용광로에 집어넣어 섭리의 영롱한 구슬을 주조해내는 언어 없는 시인, 영혼의 시인이다.”

“…….”

“동시에 이건 테러리스트가 결코 바라는 건 아니지만 강력한 역사의 추진자다. 세르게이 대공의 암살이 노서아 혁명의 추진력이 되었고, 오스트리아 왕조의 죽음이 일차대전을 일으켰고, 레닌의 암살이 러시아의 역사를 바꿔놓았구……. 이를테면 어떤 정당, 어떤 조직의 힘도 테러리스트가 던진 폭탄만 한 위력을 발휘한 적은 없지 않은가. 독립군 수십만의 노력이 안중근 의사가 발사한 피스톨만 한 작용력이 있었던가 말이다.”

“…….”

“테러리스트를 무시하는 윤리와 논리는 쉽게 만들어낼 수가 있지. 그러나 그 윤리란 건 일본 놈들이 만들어놓은 수신책修身冊 같은 것이 아닌가. 수신교과서적인 윤리로써 사회를 이해하고 처신할 수 있겠는가. 노예처럼 살기를 원하지 않고 당당한 인간으로서 정과 이성을 고루 충족하며 이 세상을 살아갈 수 있겠는가. 산술로써 에펠 탑을 만들 수 있겠는가. 별과의 거리를 잴 수 있겠는가. 하물며 그 깊은 곳에 있는 영혼의 신비와 슬픔 섞인 원한을 이해할 수 있겠는가.”

나는 돌연 웅변이 된 정람의 말소리를 무슨 복음을 듣는 듯 황홀한 기분으로 들었다. 그 논리의 맥락을 살필 필요는 없었다. 노테러리스트의 누구도 범접할 수 없는 심경에 외포와도 가까운 느낌을 가졌다.

정람의 말이 조용하게 울렸다.

"테러리스트란 결국 원한에 사무친 인간들을 대표하는 엘리트란 말이다."

문득 보니 정람의 눈에 눈물이 있었다.

'저 눈물은 무엇을 뜻하는 눈물일까.'

하는 충격적인 물음이 내 가슴 속에 괴었지만 차마 물어볼 순 없었다.

"그들이 원하진 않겠지만 북극의 빙산 위에 무릇 이 지상에 존재했던, 그리고 존재하고 있는, 앞으로 존재할 테러리스트들을 위한 탑을 하나 세웠으면 해. 극북極北의 사상에 순절하는 숙명을 가졌다는 그것만으로도 위대하지 않은가. 숭고하지 않은가. 북극의 빙산 위에 테러리스트의 탑을 세웠으면……."

정람의 양 뺨에 눈물이 흥건히 흘러내리고 있었다.

나는 정신을 바짝 차리고 쾌활한 척 꾸미며 주전자를 들었다.

"선생님 술 받으세요."

정람은 받은 술잔을 반쯤 마시고 놓았다. 그제야 자기의 뺨에 눈물이 흐르고 있는 것을 깨달은 모양으로 호주머니에서 손수건을 꺼냈다.

"늙으면 누선이 이완되는 모양이야. 괜히 눈물이 나거든."

겸연쩍어 정람은 그렇게 꾸며대고 있다는 것을 모를 내가 아니었다.

"헌데 선생님은 언제 테러리스트가 될 작정을 하셨습니까?"

"내가 테러리스트? 천만에, 나는 테러리스트가 신 벗어놓은 근처에도 갈 수 없어."

"그건 겸양이시구, 경산 선생으로부터 듣고 알고 있습니다. 후학을 위해서 솔직하게 말씀해주십시오."

"솔직하게 말해서 나는 테러리스트가 아냐. 그 흉내를 내려고는 했지만 철저하진 못했어."

"……."

"진정한 테러리스트가 되려면 얼음장처럼 미쳐야 해."

"냉정하게 미친다는 것이 있을 수 있는 일입니까."

"그러니까 미치는 데도 천재가 있어야 해. 아무나 미칠 수 있을 것 같애? 천재 없인 테러리스트는 불가능해. 천재가 없이 테러리스트일 수가 없어."

"어쩌면 테러리스트의 흉내라도 낼 생각을 하신 데도 동기는 있어야 할 것 아닙니까."

"동기는 아무에게나 있어. 일상생활에 깔려 있어. 똑바로 말하면 일제 시대엔 조선인 전부가 테러리스트가 될 동기를 가지고 있었던 거야. 그런데 그렇게 안 된 건 천재가 부족한 탓이야. 하기야 민족 전체가 천재일 수야 없지."

"정람 선생에게만 있었던 그런 동기가 있을 것 아닙니까?"

"가만 보니 이 군도 꽤나 집요하군."

정람은 쓰게 웃고 마른 안주를 집는 듯 마는 듯하더니 얘기를 시작했다.

"에스토리야란 이름의 소녀가 있었지. 폴란드 태생의 소녀였어. 그 아버지가 어쩌다 백군에 섞였어. 백군이란 볼셰비키 혁명에 반대한 군사들을 말하는데 에스토라야의 아버지는 백군 보로시로프 장군의 막료였지."

나는 언젠가 경산 선생이 일러주던 폴란드 여성의 얘기가 드디어 나오는구나 하고 한편 긴장하여 귀를 기울였다.

"백군이 적군의 압박을 받고 블라디보스토크에서 배를 타고 도망쳐야 할 운명에 놓였지. 그때 그녀의 아버지는 무슨 전염병에 걸려 미국이 보내준 그 배를 타지 않았다. 그 배에 전염병이 만연하여 속수무책으로 되기 때문이다. 에스토라야와 그 어머니도 함께 남게 되었던 거야. 그때 에스토라야의 나이는 다섯 살, 얼마 후 아버지의 병은 나았다. 그러나 이윽고 적군들의 손에 붙들리게 되었다. 다섯 살 난 에스토라야는 자기의 아버지와 어머니가 총살당하는 광경을 목격했다. 그로써 그 여자의 운명은 결정된 거야."

정람은 여기서 말을 끊었다. 그리고 멍청해져버렸다. 다시 얘기가 이어질 것 같지가 않았다. 그래서 얘기를 재촉하는 셈으로 물었다.

"어떻게 운명이 결정됐단 말입니까."

"응?"

하고 정람은 잠에서 깨어난 사람 같은 표정이 되더니 중얼거렸다.

"이 얘기는 이 정도로 해두지. 오늘 밤엔 얘기할 기분이 안 되느먼."

이렇게 되니 그 이상 보챌 수가 없었다.

먼 곳에서 기차의 기적 소리가 들렸다.

"밤이 꽤 늦었으니 주무실까요?"

"그보다도 임두생의 속셈을 어떻게 떠보지?"

"천천히 생각해보죠, 뭐."

"천천히 생각해볼 그런 문제가 아냐. 가부간 빨리 결단을 내려야 하니까."

"꼭 그러시다면 그 임두생인가 하는 사람의 집을 제게 가르쳐주십시오."

"어떻게 할 텐가."

"그 아이를 우리 부부가 기르겠다고 간청을 해보겠습니다."

"그래서?"

"우리 부부 사이엔 아이가 없고 하니 그 아이를 정성껏 키워보겠다고 해보죠."

"당장 거절할 걸세. 뿐만 아니라 그런 방법으론 그놈의 속셈을 알아낼 수 없어."

"조건을 붙이거든요. 그 아이를 우리에게 주면 달라는 대로 돈을 주겠다구요."

"돈을 주겠다구?"

"선생님 말씀 따라 그가 그 아이를 키워 팔아먹을 작정이라면 돈을 주겠다고 할 때 무슨 반응이 있을 것 아닙니까. 액수를 흥정하려고 든다던지 또는 ……."

"그것 좋은 생각이구먼."

하더니 정람의 얼굴이 다시 흐려졌다. 그리곤 신음하듯 했다.

"그러나 그 방법은 좋지 못해."

"전 그 방법이 가장 적당하다고 생각하는데요."

"안 돼. 그 이유를 말할까?"

"말씀해보세요."

"혹시 임두생이 그 소녀를 진심으로 사랑하고 있을지 모르는 일 아냐? 전혀 잡스런 생각 없이 말야. 그런데 이 군이 가서 그 소녀를 두고 돈 얘기를 꺼냈다고 하자. 그게 동기가 되어 옛날의 뚜쟁이 근성이 되살아날지도 모르는 일 아녀? 옳지, 이 계집애를 미끼로 돈을 만들 수 있겠구나 하고 말야. 만일 그렇게 된다면 결국 그 소녀에 대해서 불행한 일이 아닌가. 가만두었으면 아무 일 없이 잘 키울 것을 괜히 우리가 들어 일을 망치게 되는 그럴 위험도 없잖은 거 아냐?"

정람의 뜻을 나는 충분히 알아들을 수가 있었다. 한편 그런 섬세한 생각까지 하는 그에게 살큼 감동을 느끼기조차 했다.

"그렇게까지 생각하신다면 임두생인가 하는 사람에 대한 이런저런 일을 포기하시는 게 어떻겠습니까?"

정람은 반응이 없었다. 나는 다시 말을 계속했다.

"그자의 속셈이야 어떻건 지금 무슨 일이 생기면 그 소녀의 신상에 해가 될 것은 뚜렷한 일 아닙니까. 장차 어떻게 될 망정 지금은 그 소녀가 편안하게 걱정 없이 자라고 있는 게 아닙니까."

"흐음."

"그러니까 임두생을 어떻게 한다는 건 포기하시죠. 그래야만 우선 선생님의 마음이 평정을 되찾을 수 있을 겁니다."

"마음의 평정?"

"그렇습니다. 중요한 건 마음의 평정입니다."

"이 세상엔 불의와 원한이 득실거리고 있는데 이 정람의 마음이 평정하다는 게 그렇게 대단한 문젠가?"

"대단한 문제죠."

"어떻게?"

"적어도 하나의 박물관이 온전하다는 건 좋은 일 아닙니까."

"박물관이 또 뭔가."

"전 선생님을 박물관이라고 생각하고 있습니다. 속되게 표현하면 살아 있는 박물관. 선생님이 지닌 갖가지 의미를 전부 추려버려도 살아 있는 박물관이란 뜻만은 또렷이 남을 것 같애요. 그러니 선생님의 마음이 평정을 되찾는다는 건 하나의 살아 있는 박물관이 온전하다는 뜻으로 되는 겁니다."

"그게 소설가적인 발상인가?"

"그럴지도 모르죠."

"그런데 그 박물관의 내부를 들여다보니 소장된 물건엔 전부 녹이 슬어 있고 거미줄로 가득 차 있었다고 하면 창피한 일 아닌가. 임두생의 문제에 결단을 내리지 못하면 나는 그때 마지막이 되는 거야."

하고 정람이 일어섰다.

"왜 그러십니까. 여기서 주무시고 가시죠."

“아냐. 가야 해. 경산이 걱정할 거로구먼. 어디에 갔는가 하
구.”

술에 취한 노체老體를 혼자 보낼 순 없었다.

가로등의 불빛을 가늠해가며 나는 천천히 그 살아 있는 박
물관을 오르막 골목길로 밀어 올렸다.

며칠인가 지난 후 거리에서 임영숙과 동반해 걸어오고 있는
정람을 만났다.

“전번엔 밤 늦도록까지 폐가 되었소.”

하고 정람이 미소를 띠었다.

“천만의 말씀을 다하십니다.”

나는 가볍게 고개를 숙여 절했다.

“술이란 건 얻어먹었으면 갚았으면 하는 건데.”

정람은 임영숙을 돌아보고 물었다.

“돈 가진 것 있나?”

“얼마쯤은.”

임영숙의 대답이었다.

“그럼 나에게 그 돈 줘.”

정람이 손을 내밀었다.

“술을 자실 거면 저도 같이 가요. 값은 제가 치를게요.”

“우린 목로술집에 갈 작정인데?”

“저라고 그런 델 못 갈 것 있어요.”

“숙녀란 앉을 자리, 설 자리를 봐야 하는 거야.”

"전 숙녀가 아녜요."

"그럼 뭔가."

"동정람의 그림자."

이런 소릴 몇 마디 주고받곤 정람이 나더러 말했다.

"이 근처 이 군이 잘 가는 목로술집이 있으면 그리로 안내하게. 난 목로술집 이외의 곳에서 술을 살 순 없으니까."

다섯 시는 넘어 있었으나 아직 해가 남아 있었다. 술때로선 이르다 싶었지만 정람과 만나 얘기할 수 있는 기회를 놓칠 순 없었다.

"가십시다."

하고 나는 방향을 바꾸어 마포 아파트가 있는 쪽으로 앞장서서 걸었다.

굴다리 근처에 나의 단골 목로술집이 있었던 것이다. 전라도 출생의 노인 부부가 하고 있는 집이었는데 그들의 심성이 하도 곱기 때문에 기회가 있을 때마다 그 집을 찾곤 했던 것인데 지난 봄 이래론 가본 적이 없었다.

포장을 젖히며,

"아주머니."

하고 들어섰는데 정면에 있는 건 낯선 중년 여자의 얼굴이었다. 나이는 사십 세쯤 되었을까. 그런데 그 얼굴은 그런 장사와 전연 무관할 것 같은 단아하고 얌전한 얼굴이었다.

"어서 오십시오."

하고 말부터가 손님과의 거래에 익숙하지 않은 투였다. 단정하고 깨끗하게 흰 행주치마를 두르고 있었는데도 약간 그늘진 인상을 받은 것은 무슨 까닭인지 몰랐다.

긴 의자에 정람을 사이에 두고 나는 오른편, 임영숙은 왼편에 앉았다.

오징어, 낙지, 도미 등 깔끔한 생선과 쇠고기, 돼지고기, 조개, 달걀 등이 유리창 안에 간수되어 말끔하게 진열되어 있었다.

전의 상황과는 전연 달랐다.

"주인이 바뀐 건 아닙니까?"

하고 우선 물어보았다.

"주인이 바뀐 건 아닙니다."

하는 답이 돌아왔다.

"그럼?"

"노인이 병환에 눕게 되었어요. 할머니는 간병하시느라고 못 나오시구요. 이웃에 사는 제가 거들어드릴려고 나온 겁니다."

또박또박 이렇게 말하면서도 여자의 손은 민첩하게 움직이고 있었다. 물에 씻어 깨끗하게 행주로 닦아 글라스를 내놓고 소독저를 내놓고 젓갈과 김치를 안배해서 우선 밑 안주를 차렸다.

"이 군, 뭣을 할 건가 안주를."

하고 정람이 물었다.

"낙지 삶은 거나 먹죠."

했더니 정람은 그것을 주문하고 자기는 조개 몇 개를 삶아달
라고 했다.

　"전 삶은 달걀 하나면 돼요."

하고 임영숙이 말을 보탰다.

　술은 소주를 하기로 했다.

　나는 틈을 보아,

　"에스토라야 얘길 좀 더 해주시지요."

하고 넌지시 부탁을 했다.

　술잔을 들다 말고 정람은,

　"에스토라야!"

하며 나직이 발음해보더니

　"한마디로 말해 기막힌 여성 테러리스트였지."

　"대강 어떤."

　"에스토라야가 기막힌 테러리스트였다는 것은 백군이 소탕
된 뒤에 시작한 테러였는데도 그녀의 테러는 언제나 결정적이
었고 그런데도 붙들리지 않았다는 점이다."

　"붙들리지 않았다는 것도 공적이 되는 겁니까."

　"그렇지. 붙들리지 않는다는 게 가장 중요하지. 테러리스트
가 스스로를 보전했으니 대단하다는 뜻을 넘어 감쪽같이 테러
행위를 하고도 아직 살아 있다는 사실이 무언의 위협이 되기
도 하니까."

　"아름다운 분이었어요?"

　"그렇지, 새벽의 명성明星처럼 숭고하기도 했지."

"그렇게 아름다운 분이 테러리스트라! 그야말로 드라마틱하군요."

정람은 이 말엔 대꾸도 않고 묵묵히 술잔을 만지작거리고 있더니 물밀 듯 회상이 몰려오는 모양으로 먼 눈빛이 되었다.

"눈이 오는 날이었어. 창밖으로 내리는 눈을 보며 나는 물었지. 이제 다시 러시아에 잠입해서 위험한 일 하지 말고 하얼빈에서 평온하게 사는 게 어떠냐고. 에스토라야는 답이 없었어. 왼팔을 묶은 붕대를 말없이 끄르고만 있었지. 그건 지난번 행동 때 받은 부상이었어. 그 부상이 낫기도 전에 다시 러시아로 잠입할 계획을 세우고 있는 것이 안타까워 만류했던 것인데 그녀는 듣지 않았어. 부상한 팔이 낫도록까지 만이라도 기다리는 게 어떠냐고 했지. 그래도 고개를 저을 뿐이어서 나도 잠잠해버렸는데 그녀가 떠날 무렵 용기를 내어 물어보았다. 당신은 뭣 때문에 테러를 하느냐고. 그랬더니 그녀는 곧 대답하진 않았다. 두 눈에 눈물이 넘칠 듯 솟고 있었다. 눈물이 넘친 눈으로 나를 가만히 보고 있더니 일어나서 책상 앞으로 갔다. 책상 위에 성서가 있었다. 성서의 어느 군데를 펴 보이고 나더러 읽으라고 했다. 거긴 다음과 같이 적혀 있었다. ― 너희들이 너희들의 영혼을 구하려면 반드시 죽음에 이르느니라. 만일 너희들이 너희들의 영혼을 나를 위해 버리면 그때 너희들의 영혼은 구함을 받을지어다……. 내가 다 읽었을 때 에스토라야는 속삭였다. 알겠죠? 내 마음을."

나는 잠자코 있었다.

"괜히 심각해지시구."

하고 임영숙이 재촉했다.

"빨리 자시고 돌아가요."

"술자리에 재촉하는 법이란 없어."

정람은 가볍게 영숙을 나무라놓고 목로술집의 여자에게 물었다.

"보아하니 이런 장사는 처음 하시는 것 같은데."

"처음입니다. 그러나 두어 달 하고 나니 차츰 익숙해지는 것 같습니다."

"뭣이건 익숙하다는 것은 좋은데 술장사에 익숙한다는 것은 좀."

하고 정람이 웃었다.

여자도 왼손등을 입에 갖다 대며 다소곳이 웃었다.

"그러나저러나 젓갈 맛과 김치 맛이 그렇게 좋을 수가 없소."

정람이 안주 칭찬을 했다. 아닌 게 아니라 나도 그런 칭찬을 할 참이었다.

"젓갈과 김치는 제가 담갔어요."

여자가 나직이 말했다.

"고향이 어디오. 말씨가 영남 같은데."

"지리산 아래입니다."

"허어 지리산 아래라. 지리산 아래로부터 서울까지 와갖구?"

“부끄럽습니다.”

“부끄러울 거야 뭐 있소. 부끄러울 거야 없지만……. 가족이 많수?”

“아들 하나 있어요.”

“아들은 뭣 하시오?”

“군에 갔어요.”

“남편 되시는 분은?”

여자의 답이 없었다.

“선생님 왜 그런 걸 꼬치꼬치 물으세요. 실례 아녜요?”

임영숙이 한 말이었다.

“오다가다 주객으로 만나 목로술집의 한 구석에서 이렁저렁 얘기 끝에 물어도 보고 대답도 하는 것인데 실례될 건 또 뭣구. 실례가 아니죠? 아주머니.”

“그게 뭐 실례겠습니까.”

“그렇다면 대답을 하셔야죠.”

“남편은 시골에 있습니다.”

여자는 망설임 없이 답했다.

다시 얘기는 나와 정람 사이로 오가게 되었는데……. 생각할수록 인생이란 불가사의하다고 할밖에 없다.

그 목로술집에 간 것이 동기가 되어 정람의 인생에 큰 변화가 일어났으니 말이다.

그러는 동안 해프닝이 있었다.

“오늘 우리 집에서 잔치를 할 터이니 와라.”

고 경산 선생이 임영숙을 내게 보냈다.

"무슨 일이우."

해도 임영숙은,

"와보면 알 거예요."

하고 달아나버렸다. 그러나 명령한 그 태도로 보아 틀림없이 좋은 일이 있구나 하는 짐작만을 했다. 바쁜 원고를 대강 설건 어놓고 경산 선생의 집으로 갔다.

좁은 마루에 음식이 그득히 상을 차려놓았는데 그 위에 상보가 씌워져 있었다. 손님을 기다려 잔치를 시작할 양의 채비로 보였다.

"예끼 이 사람. 어른이 오라고 하면 빨랑 오지 않고 사람을 그렇게 기다리게 하나."

경산이 핀잔 같지도 않게 나를 나무랐다. 정람은 옆에서 싱글벙글하고 있었다.

"어떻게 된 겁니까. 두 분 선생님 가운데 어느 분의 생신입니까."

하고 나는 두 어른의 표정을 살폈다.

"난 삼십 세 이후로 내 생일잔치 해본 적이 없어."

경산이 상보를 걷으며 말했다.

"나는 도대체 생일이 언젠질 모르니 잔치를 하려 해도 할 수가 없지."

아무렇지 않게 정람도 한마디 했다.

"그럼 어떻게 된 겁니까."

“성미도 급허이. 먼저 축배나 들어놓고 사연을 알든지 말든
지 해야지.”

하며 경산이 내게 잔을 권했다.

“사연을 알아야 축배를 들든지 말든지 할 것 아닙니까.”

하면서도 잔을 들었다.

“임 군, 술을 따르게.”

하고 경산의 손으로부터 정람이 주전자를 뺏고 임영숙이 마루
로 올라오길 기다려 그걸 맡겼다.

“오늘은 제가 기생 노릇 할게요.”

임영숙이 경산 선생의 잔에서부터 술을 따랐다.

“사환에다, 조수에다, 식모에다, 이젠 기생까지 임 군 수고
하누먼.”

정람이 넘칠 듯 술을 따른 잔에 입을 대며 한 말이었다.

“커닝을 하자니까 그만한 대가는 치러야죠 뭐.”

임영숙이 순순히 말했다.

“커닝 공작을 할 시간에 공부를 하면 실력이 늘 텐데두. 꼭
커닝을 하려는 사람이 있더니만.”

하고 경산이 껄껄 웃었다.

“공부한대서 천재가 되나요? 정람 선생님헌테선 배우지도
못해요. 커닝을 해야지.”

임영숙이 말을 받았다.

“커닝은 곧 탄로가 날걸?”

경산이 꼬집었다.

"이백 곡만 채워놓으면 탄로가 안 나요. 정람 선생님이 고백
할 리가 없으니까요."

"그러나 영숙이 조심해야 해. 내 곡 자체에 표절이 들어 있
으니까."

정람이 넌지시 한마디 했다.

"선생님의 곡 가운데 나타나는 딴 사람의 멜로디는 완전히
선생님이 소화한 뒤의 것이라서 표절이랄 것도 없으니까 안심
하세요."

"겁나, 요즘 젊은 사람들은 겁나."
하면서도 정람은 유쾌한 표정이었다.

"아무튼 파리의 악단에 정람의 음악이 울려 퍼진다고 생각
하니 유쾌하구나."
하는 경산의 말에

"꽃다발은 내가 받구요."
하고 임영숙이 새침을 부렸다.

"그런 뜻에서 영숙이 한잔 안 할래?"
하며 정람이 권했디. 그리고 덧붙이길

"이건 송순주란 거란다. 신선들이 마신 술이라드면."
하고 술을 보내준 친구의 이름을 들먹이곤 고마워했다.

임영숙이 잔을 비우곤 꿈꾸듯 이런 말을 했다.

"꽃다발을 받구요. 박수가 터져 음악당을 뒤흔들어놓은 뒤
조용하게 되면 전 이렇게 말할 거예요. 여러분이 지금 박수를
보낸 그 음악을 만든 천재는 한반도 어느 두메에 조용히 잠들

고 계십니다. 자기의 음악에 보낸 이 갈채 소리도 듣지 못하고
서. 그는 고아로 자랐습니다. 그가 조국으로부터 받은 거라곤
가냘픈 육신밖에 없었습니다. 고통의 조건, 가난의 조건, 박해
의 조건 이외의 아무것도 그에게 조국이 준 것이라곤 없었습
니다. 강보에 싸인 채 버려진 그 아이를 기른 것은 하얼빈의 어
느 러시아인이었습니다. 그러고 보니 그가 조국으로부터 받은
것은 완전히 아무것도 없는 것입니다. 낫싱이었습니다. 프랑
스어론 네앙. 그런데 그 소년은 자라 조국의 독립을 위해 싸운
투사가 된 것입니다. 노예 상태에 있는 조국을 해방시키려고
했던 것입니다. 그 생활은 피나는 노력의 연속이었으며 검은
공포의 연속이었습니다. 그런데도 그는 그 사이에 이처럼 청
순하고 감미롭고 고상하고 박력 있는 생명력이 횡일한 음악을
창조해낸 것입니다. 여러분이 지금 들으신 음악은 그 고귀한
샘에서 흘러나온 몇 방울 물밖엔 안됩니다. 그 물을 있게 한 위
대한 샘에 대해 다시 한 번 박수를 쳐주십시오. 그 음악보다 아
름다운 그의 마음에 대해서 다시 한 번 박수를 쳐주십시오. 그
분의 이름은 정람·사일런트·템페스트·탕페트·실랑스·메르
시에 마드모와젤! 그분을 위해 박수를 쳐주십시오!"

　나는 어느덧 엄숙한 기분으로 되어 있는 스스로를 발견했다.

　"영숙은 꽤 사람이 나빠."

하고 정람이 겸연쩍은 표정으로 잔을 비웠다. 그러나 경산은
감동 어린 소리로.

　"임 군 대단하구려. 정람의 곡을 커닝하기 위해 침입한 얌체

요정인줄만 알았더니 참으로 대단한 사람이구려. 헌데 연설을 어떻게 그렇게 잘 하노."

하며 영숙을 응시했다.

"밤마다 잠들기 전에 이 대사를 외고 있었거든요."

영숙은 수줍은 소녀로 변해 있었다.

나도 겨우 말할 기회를 얻었다.

"오늘 이런 모임을 하기 위해 절 청하신 게로군요. 기쁩니다."

"아냐, 그건."

하고 경산의 설명이 있었다.

"오늘 아침 내가 삼양동의 하얼빈 양화점에 들러 황보현이란 사람을 만나지 않았겠나. 임두생에 대한 정람의 태도가 걱정스러워서 간 건데 거기서 기쁜 소식을 들었어……."

기쁜 소식이란 그 내력은 이랬다. 어느 날 임두생이 황보현을 찾아왔다. 그리고 하는 말이—자기가 데리고 사는 여자는 성정이 괴팍해서 자기가 죽고나면 저 선애(그 꼬마의 이름)가 아무래도 구박을 받을 것 같애. 그러니 내가 살고 있는 동안 저 아이를 잘 키워줄 사람을 구해서 맡겨야겠다. 그런 사람을 황군이 좀 주선해줘야겠다.

그리고 임두생은 이백삼십만 원인가 들어 있는 저금통장과 인장을 맡겼다는 것이다.

그것은 확실히 감격적인 이야기였다.

정람은 웃음을 띠고 경산과 나를 번갈아 보며 말했다.

"사람이란 백 번 되는 거여. 나는 그 얘기를 듣고 안도의 한숨을 내쉬었지. 그런 반가운 얘기를 듣긴 요 몇십 년 동안에 처음 있는 일이었어."

"그러니까 사람을 함부로 재판해선 안 되는 거야."

하고 경산은 눈을 흘겨보았다.

"그래서 이 잔치였습니까?"

내가 물었다.

"잔치를 할만 하잖은가. 사람을 하나 발견한 셈이고, 어린아이의 장래를 보장받은 셈이고, 정람의 마음을 구한 걸로도 되구."

나는 그렇다고 생각했다.

"정람 선생님, 그만하면 임두생인가 하는 사람은 속죄한 걸로 됩니까."

"죄는 죄대로 남지만 늘그막에 그 정도로 인간 회복을 할 수 있다는 건 진정 다행한 일 아닌가. 나는 그 다행을 축하하기 위해 그놈을 용서해줄 작정이야. 다행한 일이란 그처럼 흔한 게 아니거든."

그날 밤은 참으로 축제를 방불케 하는 잔치였다. 정람이 신나게 피리를 분 것은 물론이지만 경산도 시조를 읊으며 흥겨워했다.

"청산리 벽계수야 쉬이 감을 자랑 마라……"는 시조가 그처럼 파세틱할 수 있다는 것을 안 것은 그날 밤의 수확이었다.

나는 나의 졸렬한 자로써 임영숙을 판단하고 있었다는 사실을 부끄럽게 생각했다. 임영숙을 남의 곡을 표절해서 이름을 얻어보겠다는 사악한 야심을 가진 여자로만 생각하고 있었다는 것은 내 자신이 쩨쩨한 심성의 소유자인 탓이라고밖엔 해석할 수가 없는 것이다.

좋은 사람은 비록 상대방이 나쁜 짓을 하더라도 되도록이면 좋게 해석해주려는 심성을 가진 사람이고, 나쁜 사람은 남의 좋은 일을 보아도 그걸 되도록이면 나쁘게 해석하려고 드는 심성을 가진 사람이라고 할밖에 없는 것이 아닌가.

그러니까 생각나는 일이 있다. 시골에서 자라고 있던 어릴 때의 일이다. 우리 동네에 노인이 있었다. 송 노인과 선 노인이라고 불리었다. 송 노인은 자기 집 배밭의 배를 훔쳐 따 먹으러 울타리 사이를 비집고 들어간 아이들을 보고,

"늘 그런 울타리 밑을 기어 다녀선 안 된다. 운수 나쁘게 독사에게나 물리면 어떻게 하니. 배가 먹고 싶거든 나를 찾아오면 될 게 아니니."

하며 배를 따서 아이들에게 주었다. 그때,

"바늘 도둑이 소도둑 된다고 아이들의 버릇을 고쳐주어야 할 텐데 그렇게 순하게 취급하면 됩니까."

하고 그 집 며느리가 반발을 하자 송 노인은,

"애들이 무슨 바늘 도둑질이라도 했나 뭐? 조랑조랑 탐스럽게 배가 열려 있은께 따 먹고 싶어졌다 뿐이지 안 그래?"

하며 아이들을 보고 싱긋 웃었다.

지금도 그 장면이 눈에 선한 것은 그 소년 가운데 나도 끼어

있었기 때문이다.

송 노인과 대조를 이룬 노인이 곧 선 노인이었다. 소 치는 아이들이 어쩌다 선 노인의 밭 근처로 소를 몰고 지나가기만 해도 야단이었다.

"이놈들이 우리 밭 콩을 절단내려고 이리로 오는 거재. 고얀 놈들, 당장 저리로 소를 몰고 나가라."
고 고함인 것이다.

사실 그리로 소를 몰고 가면 소가 지나가면서 길가의 콩을 한두 포기 뜯어 먹기가 예사였다. 그러니 그리로 소를 몰고 지나지 말라는 말은 당연하기도 했지만 그 길을 지나지 않고 산으로 가려면 상당한 거리를 우회해야 했고, 누군가의 밭가를 지나야만 하게 되어 있었던 것이다.

뿐만 아니라 선 노인은 아이들만 보면 무언가 자기에게 손해를 입힐 가해자, 또는 도둑놈들로만 취급했다. 그런 때문인지 몰라도 선 노인의 집은 잘살고 송 노인의 집은 구차함을 면하지 못했다.

그래도 송 노인의 얼굴엔 언제나 웃음이 있었고, 선 노인의 얼굴은 언제나 찌푸려져 있었으니 송 노인의 생애가 선 노인의 생애보다 행복했던 것이 아닌가 하는 짐작을 했다.

아무튼 나는 임영숙을 나쁘게 생각하고 있었던 것이 죄스러웠다. 사죄할 기회를 찾았다. 그 기회는 경산 선생 집에서 잔치가 있은 뒤 일주일쯤 후에 있었다.

잡지사에 원고를 갖다주고 돌아오는데 버스를 내린 곳에서 소낙비를 만났다. 하는 수없이 길가의 다방으로 들어갔는데 거기에 임영숙이 있었다. 그녀도 비를 피해 거기 와 있었던 것이다.

임영숙이 반기는 눈치라서 나는 그 옆자리에 가서 앉았다. 내가 앉자 임영숙은,

"뭐라도 드셔야죠."

하며 레지를 불렀다.

"매너리즘 아닙니까. 커피로 하죠."

하고 나는 마침 잘되었다며 사과를 했다. 그랬더니 임영숙이 피식 웃었다. 그리고 한다는 말이

"사과하실 것 없어요. 맨 처음 생각은 선생님이 짐작하신 그대로였으니까요."

"설사 그렇더라도 나는 사과를 해야겠다는 기분입니다."

임영숙은 커피를 젓고 있는 나를 한동안 지켜보고 있더니 한숨을 쉬었다.

"왜 한숨입니까?"

하고 내가 고개를 들었다.

"너무너무 기가 막혀서요."

"뭣이 기가 막힌단 말입니까."

"경산 선생과 정람 선생이 너무너무 기가 막힌단 말입니다."

"기가 막히게 좋다는 뜻?"

"그래요. 시궁창같이 오염된 사회에서 칠십 년 넘게 사시면서 어떻게 심성들이 그처럼 깨끗할 수 있을까요. 전 놀랐어

요."

"……."

"마음이 꼭 소년들 같애요. 아니 소년들도 그처럼 순진하지 못할 거예요. 경산 선생도 그렇구, 정람 선생도 그렇구."

"순진한 어른들이죠."

"그러면서도 세상일은 환히 알고 계시거든요. 남의 사정도 잘 이해해 주신단 말예요. 세상일을 다 아시면서 소년, 아니 천사처럼 순진하다는 것 상상이라도 할 수 있어요?"

"……."

"가끔 집에 돌아가서 엄마랑 아빠랑 얘기를 해보면, 천당에 있다가 지옥으로 간 것 같은 기분이 돼요. 누구네 집의 딸은 어떻구, 시청이 어떻구, 상공부가 어떻구, 세무서가 어떻구, 심지어는 골프의 핸디가 어떻구, 누구네 업체는 어느 장관과 통하고 있으니까 어떻구……."

"그게 생활이 아닙니까. 이른바 사회생활. 그런 생활인과 경산이나 정람을 비교해선 안 되죠. 경산과 정람은 사회완 아무런 관계가 없는 지대에서 살고 있는 겁니다. 생존 경쟁의 권외에서 살고 있는 거죠. 그런 사람들과 생존 경쟁의 권내에 있는 사람들을 어떻게 비교합니까."

"저도 그쯤은 알고 있어요. 그러나 산다는 명분으로 스스로를 더럽힐 대로 더럽혀야 살 수 있다면 그게 어떻게 되는 거죠? 경산 선생이나 정람 선생처럼 살 수 있다는 표본이 바로 가까이에 있을 때 말예요."

"그렇게 사는 데도 천재가 필요해집니다. 헌데 누구나 천재일 순 없는 것 아닙니까?"

"그럴 테죠. 그러나 예술가만은 그분들의 생활 태도를 배워야 한다고 생각해요. 그걸 절실히 느꼈어요. 정람의 음악은 재주도 아니고 기술도 아녜요. 바로 그의 마음이에요. 그의 마음은 맑은 샘이거든요. 샘에서 쏟아져 나오는 겁니다. 한편 경산 선생은 피리 없는 피리, 말하자면 악기도 악보도 소리도 필요로 하지 않는 천성 그대로의 예술가예요. 구체적으로 말하면 경산과 정람은 꼭 같은 레벨에 있는 예술가예요. 진짜 예술가란 말입니다. 모든 것이 안정된 단계가 예술이라고 말하지 않아요? 그런 뜻에서의 예술이란 말입니다."

나는 잠자코 있을밖에 없었다. 임영숙은 뭔가 벅찬 감격을 컨트롤하지 못하는 그런 정신 상태에 있는 것 같아서였다. 그러나 다음과 같이 물어보지 않을 수 없었다.

"요즘 무슨 일이 있었습니까?"

임영숙이 수긍하듯 고개를 끄덕였다.

"무슨 일입니까."

"이건 비밀인데."

하고 임영숙이 미소를 띠곤 말했다.

"비밀이지만 선생님에겐 알려야겠네요. 며칠 전 임두생이란 사람이 선애라는 아이를 황보현 씨에게 맡기겠다고 했다는 얘기 들으셨죠?"

"그 때문에 잔치까지 하지 않았소."

"그런데 그게 경산 선생이 그 하얼빈 양화점의 주인과 짜고
한 연극이었어요."

"뭐라구?"

나는 깜짝 놀랐다.

"정람 선생이 아무래도 일을 저지를 것 같으니까 경산 선생
이 고심 끝에 그렇게 일을 꾸민 거예요."

"흠."

하고 나는 나도 모르게 신음 소릴 냈다.

"임두생이란 사람의 도장까지 파서 이백삼십만 원짜리 통장
까지 만들어. 물론 그 돈은 황보현 씨가 임시로 그렇게 꾸며놓
은 거지만……. 아무튼 감쪽같이 정람 선생을 속인 거예요."

"경산 선생도 거짓말하실 줄을 알구먼."

"이건 거짓말이라도 흰 거짓말이라면서 경산 선생이 웃으시
데요."

나는 콧잔등이 새큼하는 것을 느꼈다. 사랑하는 아내를 능
욕하고 죽인 원수를 친구가 갚아주려는데 그걸 잔꾀까지 부려
가며 만류한 사람의 마음이 어떨까 해서다.

"비가 멎었다."

는 소리가 어디에선가 들려왔다.

비가 갠 거리는 얼굴을 씻은 소년처럼 청신해 보인다. 그런
마음의 까닭은 임영숙을 통해 들은 얘기 때문일 것이고, 임영
숙이란 처녀의 마음을 더욱더 잘 알게 되었던 때문이 아닐까

도 했다.

임영숙과 나란히 걸으며 물었다.

"언제쯤 프랑스로 갈 거요."

"명년 봄쯤에 갈까 해요."

"부럽군요."

"프랑스에 가는 게 부러워요?"

"부럽지 않구."

하며 나는 내 감상을 솔직하게 털어놓았다.

"내 소원은 프랑스에 가서 한 삼 년쯤 공부했으면 하는 데 있었소. 그런데 그게 그렇게 잘 되지 않더만, 우리가 젊었을 무렵엔 해외여행이 극도로 제한되어 있어서 가기가 힘들었고, 공식적인 루트를 타기란 하늘의 별따기 같았으니까. 언젠가 언젠가 하다가 보니 나이가 들어버렸어."

"이 선생이 프랑스에 가려는 목적이 뭐죠?"

"단순합니다. 서양 문명의 중심에서 살아봤으면 하는 마음이었죠."

"이 선생도 결국 서양 문명의 숭배자였군요."

"지식인치고 서양 문명의 숭배자 아닌 사람이 있었습니까. 나는 우리가 가지고 있는 가장 소중한 것을 간직하고 가꾸기 위해서는 서양 문명을 진지하게 배워야 한다고 생각하니까요. 지금 사방에서 하는 근대화란 일단은 서구화를 말하는 것 아니겠습니까."

"이 선생은 동양과 서양이 근본적으로 다른 것이 뭐라고 생각하세요."

"근본적으로 다른 건."

하고 나는 내 생각을 다음과 같이 간추렸다.

"서양에서 진행된 일은 비록 그것이 비합리적인 것이라도 합리적으로 해석될 수가 있어요. 그런데 동양에 있어선 합리적인 성싶은 것까지도 합리적인 해석이 불가능하니까요."

"어려워 알아들을 수가 없군요."

"그럼 예를 들어서 설명해보죠. 서양에선 원시 시대가 봉건 시대로 질서화합니다. 소규모의 영주들이 실력에 따라 할거하고 있다가 그것이 약육강식의 과정을 거쳐 대단위의 국가로 발전했죠. 그러나 봉건 시대도 그 한계에 이르자 자본주의 시대로 이행하게 됩니다. 그 원인을 일일이 설명할 순 없지만 그렇게 되었던 거죠. 그러다가 자본주의의 발전에 따라 제도의 변화가 이루어지는 겁니다. 민주 정치의 형태를 갖게 되는 거죠. 그러니 유럽에 있어서의 정당은 이걸 이념적으로 해석할 수가 있는 겁니다. 결론적으로 말해 서양의 역사는 아주 합리적으로 발전해왔다 이겁니다. 그런데 비합리적이라고 할 수 있는 현상 가운데의 하나가 나폴레옹이니 히틀러니 무솔리니 하는 인물들을 중심으로 나타난 사태지요. 그런데 이것마저 합리적인 해석이 어느 정도까진 가능하다 이겁니다. 그런데 동양, 특히 우리나라의 경우는 도저히 합리적인 해석이 삼십 퍼센트까지도 가능하지 않다는 겁니다. 고려조가 이조로 바뀐 것은 당시 지배 계급들의 세력 균형의 문제이지 역사의 필연이란 것은 없었던 거지요. 역사의 필연, 그 합리적인 진행을 외면하면서 지탱해온 것이 이조의 성격이었습니다. 그런 까닭으로 그 오백 년 동안은 진보라고 하는 것이 전연 없었던 시기였거든요. 그런데다 합리적인 서양 문명이 들이닥쳐 놓으니 혼란이 생깁니다. 도무지 합리성이란 찾아볼 수 없게 된 거죠."

"알 듯도 모를 듯도 하네요."

하고 임영숙은 방긋 웃었다.

"시시한 얘기가 되어버렸군."

하며 좁은 골목으로 들어서는 지점에서 내가 물었다.

"내년 봄에 프랑스로 가면 몇 해나 머물 작정입니까?"

"글쎄요."

고개를 갸웃하더니 임영숙이 중얼거렸다.

"한 오 년쯤……."

"오 년? 너무 길지 않을까?"

"그보다 더 늦어질지 모르죠."

"그럼 결혼은 안 할 작정인가요?"

"계기와 상대가 있으면 하죠 뭐."

"프랑스에서?"

"거긴 남자가 없나요?"

하고 임영숙이 쾌활하게 웃었다. 그러곤 덧붙였다.

"솔직한 얘기로 결혼 같은 건 생각해본 일이 없어요. 음악이라고 하는 무궁한 바다 속에 헤엄치고 있으니 그 바다의 신비에 홀딱 빠져버려 결혼이니 뭐니는 염두에 떠오르지 않는걸요."

나는 그 말이 임영숙의 감정을 정직하게 표현한 것으로 믿을 수밖에 없었다. 그렇지 않고서야 어떻게 그처럼 정람 선생의 곁에서 식모살이처럼 할 수 있겠는가 말이다.

"뭔가를 대성하려면 그것에 미쳐야 한다는 말을 들었는데 임영숙 씨는 대성할 수 있을 것 같애."

"그렇게 보여요?"

"지금 임영숙 씨가 하고 있는 짓을 봐도 그걸 알 수가 있거든."

"내가 지금 뭣을 하고 있는데요."

"지금 미쳐 있지 않습니까."

"내가요?"

"정람 선생에게."

"아, 그 말씀이군요. 아무튼 그런 분을 발견했는데 좋아하지 않을 수 있나요?"

"미친다는 것도 재능이 있어야 하는가 봅니다. 재능이 없었더면 정람에게 미칠 수도 없었을 테니까."

"나는 운수가 좋았다 뿐예요. 미친 건 아녜요."

하다가,

"저기."

하고 임영숙이 가리켰다.

정람이 이제 막 모퉁이를 돌고 있었다. 부르려는데 그럴 시

156

간적 여유가 없었다.

"어딜 가실까?"

내가 중얼거렸더니,

"벌써 다섯 시 반이군요."

하고 임영숙이 장난스러운 얼굴이 되었다.

"정람 선생님은 요즘 열심이에요."

"뭣에?"

"전에 목로술집에 같이 간 적이 있죠?"

"굴다리 밑에 있는 목로술집?"

"그래요. 요즘 정람 선생은 열심히 거길 다녀요. 다섯 시에
시작하거든요, 장사를."

"흠."

"가보세요, 거길."

"같이 가십시다."

"난 안 가요."

"왜?"

"샘이 나서요."

"샘이 나다니, 그건 또……."

"나도 여자거든요. 정람 선생은 그 목로술집의 아주머니를
좋아하나 봐요."

"그럴 리가."

"아녜요. 정람 선생은 그 아주머닐 좋아해요. 약간 샘은 나
지만 나는 정람 선생님의 사랑이 성공했으면 해요."

"엉뚱한 말씀을 하는군."

"엉뚱한 얘기가 아녜요. 나는 진심으로 그걸 바라요. 정람 선생의 만년을 누군가가 보살펴줘야 하거든요. 지금은 저렇게 정정하시지만 언제 어떻게 될지 모르는 게 노인 아녜요?"

임영숙의 말소리에 슬픈 빛깔이 묻었다.

나는 잠자코 걷고만 있었다.

"그 아주머니와 사랑하게 되고 그 아주머니가 맡아만 주신다면 난 안심하고 프랑스로 갈 수 있을 것 같애요."

이것도 또한 뜻밖인 것이다. 나는 놀란 얼굴로 임영숙을 돌아봤다.

임영숙은 조용히 덧붙였다.

"그러나 전 지금의 상태론 프랑스로 떠날 수가 없어요."

골목의 어귀에 왔다.

"이 선생님, 정람 선생님한테로 가보세요. 그리고 어떻게든 정람 선생의 사랑이 성취할 수 있도록 도와주세요."

"같이 가봅시다."

"내가 가면 어색할 거예요."

하고 임영숙은 걸음을 바삐하여 왼편 골목으로 접어들었다. 나는 멍청히 그 뒷모습을 지켜보고 섰다가 목로술집이 있는 곳으로 방향을 돌렸다.

목로술집으로 들어서자 중년의 그 여자가 상냥한 얼굴로 나를 맞이했다.

정람이 놀란 빛으로 돌아보며 말했다.

"이 군, 어떻게 된 건가."

"주당이 술집에 오는 게 뭐 대단한 일입니까."

하고 나는 정람의 맞은 편에 앉았다.

"이번 동동주는 꽤 맛이 있어."

"정람이 성큼 손을 뻗어 유리컵을 집어와선 내 앞에 그걸 놓고 주전자의 술을 따랐다.

"동동주는 사발로 마셔야죠."

하면서도 나는 그 술잔을 들었다.

아닌 게 아니라 동동주의 맛이 좋았다.

"맛이 좋지? 이거야말로 한국의 맛이라고나 할지. 하여간 토속적인 맛이 좋아."

정람이 음미하듯 술을 마셨다.

"러시아 같은 데도 이런 술이 있습니까?"

하고 내가 물었다.

"있지. 우크라이나 그루지야 지방에 가면 이런 술이 있지. 이와 똑같진 않아도 비슷하지."

이것이 계기가 되어 정람은 다음다음으로 술에 관한 지식을 피력하기 시작했다. 위스키, 브랜디, 보드카, 카오량으로부터 비롯해서 세계 각지에 있는 갖가지의 술에 관한 얘기는 정람 특유의 익살을 섞어 흥미로웠다.

"……코카서스의 산속을 헤매고 있을 때였어. 어디엔가서 향긋한 내음이 풍겨오지 않는가. 그래서 그 내음이 나는 곳을 찾아보았지. 어느 바위 틈에서 그 내음이 풍겨오고 있더만. 얼굴을 디밀어보았더니 술독에 얼굴을 디민 꼴이야. 물씬한 술 내음이었어. 바위가 말야. 옆으로 파여 굴처럼 되어 있었는데 바위 틈으로 샘물 또는 옆으로 치는 빗물이 고였던 모양이야. 그렇게 고인 물이 나뭇잎의 발효 때문에 술로 변하고 있었어. 손바닥으로 가만히 떠 마셔보았더니만 그 술맛의 방준함이란 형언할 수가 없었어."

"감로주라는 게 있긴 있는 모양이로구먼요."

"그게 바로 감로주야. 그래서 나는 생각했어. 원시인들이 술을 발견한 것은 극히 우연한 일이었을 거라고."

"나뭇잎에 따라선 술이 되는 게 있는 모양이죠?"

"그 근처는 느티나무의 숲이었어. 느티나무의 잎이 주성분을 가지고 있지 않나 해. 시험을 해보진 못했지만."

"헌데 선생님은 코카서스까지 무슨 일로 갔습니까."

"얘길 하면 길어."

하고 정람은 입을 다물어버렸다.

정람은 누가 부탁한다고 해서 내키지 않는 얘길 하는 사람이 아니다. 그 대신 마음이 내키기만 하면 밤을 새워서라도 얘기를 하고 만다.

정람은 동동주를 마신다기보다 핥고 있다고 하는 편이 나을 만큼 조금씩 조금씩 마시고 있었다.

"그렇게 마시고 있어도 맛이 있는 겁니까."

내가 핀잔을 섞어 말했다.

"매일 마시는 술이 말이 물 켜듯 할 수야 없지 않은가."

하고 정람이 씨익 웃었다.

나는 그제야 정람이 술을 마시러 오는 게 아니고 안주인을 보러 온다는 사실에 마음이 미쳤다. 슬그머니 장난기가 돌았다.

"선생님, 혹시 제가 방해되는 것 아닙니까?"

"무슨 그런 소릴."

정람이 당황했다.

"아주머니."

하고 내가 불렀다.

아주머니는 가게 뒤쪽에서 뭔가를 씻고 있는 모양이더니 행주에 손을 닦으며 나타났다.

"뭐 맛있는 걸로 안주를 좀 주시오."

해놓고 덧붙였다.

"그리고 선생님 옆에 계셔드리지 않고 어딜 갔었습니까."

안주인의 얼굴에도 당황하는 빛이 보였다. 그로써 나는 정람과 안주인과의 사이에 사랑의 정이 서서히 교류하고 있다는 것을 확인할 수 있었다.

"참, 이 군도 이 집을 좀 도와줘야 하겠어."

정람의 말이었다.

"왜 그렇습니까."

"저 진주 아줌마가 이 가게를 정식으로 인수했다누먼."

"그럼, 전에 주인은?"

하고 내가 묻자 아주머니는

"할머니가 갑자기 돌아가셨어요. 그러자 할아버지도 병상에 눕게 되었는데 거동을 못 하셔요."
하며 서글픈 표정을 지었다.

나는 언제나 퉁명스러운 말을 나누며 장난 반, 싸움 반으로 이 가게를 꾸려나가고 있던 그 노부부의 정황을 생각했다. 목로술집에 생계를 건 궁박한 생활 속에서도 그들은 부부가 같이 일할 수 있는 그 재미로 살아왔을 것이니, 짝을 잃은 노인의 슬픔을 짐작할 수 있었다. 그러나 나는 이런 감상을 얼른 털어 버리고 물었다.

"그래서 선생님께서 다섯 시만 되면 매일 여기 나와 계시는 겁니까?"

"술집이란 덴 손님이 있어야 하는 법여. 다섯 시엔 아무도 없잖아. 아무도 없을 때 손님 노릇을 하는 거여. 그러다가 손님이 들게 되면 난 가지."

"대단한 정성입니다."

"정성이 또 뭔가. 나는 아무런 하는 일도 없는 사람이 아닌가. 집에 앉아 있으나 여기 앉아 있으나 마찬가지니까 다섯 시가 되면 이리로 와보는 거지."

삶은 조개에 살큼 데친 파나물을 어울린 쟁반을 갖다놓으며 아주머니가 말에 끼었다.

"선생님에겐 뭐라고 감사드려야 할지 몰라요. 가게를 열어놓고 아무도 없으면 허전하기 짝이 없거든요. 그런데 선생님이 와주셔서 앉아 계시니 그렇게 마음 든든할 수가 없어요."

안주인이 말하고 있는 동안의 정람은 우스울 정도로 수줍은 표정이었다.

안주인이 저리로 가고 난 후 정람이 낮은 소리로 말했다.

"사정 얘길 들으니 저 아줌마의 형편도 딱하더먼. 아들 하나 있는 게 그렇게 애를 먹인대. 직장이라고 해서 구해줘 놓으면 사흘을 지탱하기가 어렵다니 말여. 자식 하나 보고 사는데 그런 꼴이니……."

정람이 한숨을 섞었다.

나는 보탤 말도 없이 앉아 있으면서 막연히 생각했다. 아주머니에게 그런 아들이 있으면 정람과의 결합은 무방한 것이 아닐까 하는. 그렇다면 임영숙의 희망도 보람 없는 것으로 된다.

막일을 하는 노동자로 보이는 중년 사나이 셋이 포장을 젖히고 들어섰다.

"그놈의 집 여편네 영등포쯤에 떨어지면 거기까지 달려가서 맞아 죽을 년이야……."

한 사람이 이렇게 시작하자 두 사람도 질세라 욕을 하기 시작했다. 가만히 들어보니 그들은 오늘 어느 집의 아궁이를 고치러 갔던 모양인데 그 집의 여자가 여간 꼼꼼하지 않아서 세 번 네 번 일을 고쳐 했다는 것이었다.

욕을 하다가 모자라 그 여자의 남편까지 싸잡아 욕설의 대상으로 했다.

"무슨 회사의 중역인가 뭔가라고 하더라만 그깐 여자 데리고 사는 주제이고 보면 별놈 아닐 거여……."

“제가 날고 기는 놈이라도 그따위 여편네 데리고 사는 놈이
별 볼일 있으라구?”
　정람이 나가자구 재촉했다. 내가 얼른 셈을 했다. 셈이라야
천 원에 미달하는 금액이었다.
　“내일 또 오지요.”
하는 인사말을 남기고 포장 밖으로 나온 정람은 혀를 끌끌 차
고 말했다.
　“요는 몇 번을 고쳐 시켰는데 결국 그들이 맨 처음 해놓은
그대로가 되었더라는 사연을 갖고 저렇게 욕설을 퍼붓는 걸
봐. 사람을 쓴다는 건 그래서 어려운 거야.”

　정람과 진주댁 사이에 익어가는 사랑은 봄철 새싹이 돋아나
그것이 줄거리가 되고 꽃으로 피는 것을 지켜보는 느낌마저
없지 않았다.
　어느 날이다. 무슨 일이 있어서 오후 네 시쯤에 그 목로주점
앞을 지나는데 반쯤 열린 문틈으로 목수가 일하고 있는 동정
이 보였다. 내부 수리를 하는가 하고 고개를 디밀어보았더니
뜻밖에도 목수라고 본 것은 정람이었다.
　정람은 대패질에 열중하고 있었다. 놀라게 하는 것도 본의
가 아니라서, “에헴” 하고 헛기침을 했더니 고개를 든 정람의
얼굴에 당황한 듯한 수줍은 웃음이 피었다.
　“뭣하시는 겁니까.”
　“보면 알지 않겠는가.”

정람은 다시 대패질을 시작했다.

"선생님이 목공 노릇을 하신다는 것도 발견인데요."

"칠십 평생에 못 해본 일이란 없지."

대패질을 멈추지 않고 한 말이었다.

그런데 그의 대패질은 숙련공의 그것이었다. 서툰 구석이라곤 한 군데도 없는 것이다. 힘을 들이는 것 같지도 않게 팔을 움직이는데 대패는 나무껍질을 순순히 토해내고 있었다. 나는 한참 동안을 그 능란한 솜씨를 바라보고 있었다.

"두 시간쯤 빨랐어."

여전히 톱질을 하며 정람이 중얼거렸다.

"뭣이 빨랐단 말입니까."

"이 군이 두 시간 후에만 와도 산뜻한 술집에 앉을 수가 있었을 텐데."

"두 시간 후에 또 오죠 뭐."

"아냐, 이런 과정을 보지 않아야 놀랄 것 아닌가. 실토를 하면, 이 군을 한 번 놀라게 하려고 지금 이 짓을 하고 있는데 말야."

하고 그제야 대패를 놓고 저쪽에 놓여 있던 도면을 내 앞에 펼쳐놓았다.

"보라구. 이걸 마제형이라고 하는 거야. 말발굽 말일세. 이것이 부엌쪽이구. 이 둘레에 손님들이 빙 둘러앉는 거야. 걸상을 꽤 많이 놓을 수 있지 않은가. 지금 이 집엔 일여덟 명 앉아버리면 꽉 차는데 이렇게 마제형으로 해놓으면 열다섯 명은 앉을 수 있거든. 이런 차림새를 해놓고 이 군을 놀래주려는 건데 그만."

하고 정람은 담배를 맛있게 빨았다.

"나를 놀라게 하는 게 목적이었지. 진주 아주머니를 기쁘게 할 작정은 아니었구면요."

내 말이 빈정대는 투가 되자

"소설가라고 하는 건 저렇게 삐딱해서 큰일이야."

하며 또 수줍은 얼굴이 되었다.

"헌데 아주머닌 어디로 갔습니까."

"그 사람은 페인트 사러 갔어. 내가 적어 보냈지."

"그 사람과 집사람과의 거리가 얼마 되지 않을 것 같은데요?"

"예끼 이 사람."

정람은 다시 대패를 들었다.

그래도 서 있으려니까.

"이 군은 빨리 집으로 가서 소설을 쓰게."

하고 정람이 나를 쫓으려고 했다.

"내가 뭐 도와드릴 게 없겠습니까?"

"도와줄 생각이 있거든 빨리 가게. 거게 그러고 서 있으니까 방해가 될 뿐이다."

"그렇게 쉽게 갈 생각이 안 나는데요."

"왜?"

"선생님 목공 노릇 하고 있는 걸 보니 나도 목공을 배우고 싶네요."

"목공 배워 뭐하게."

"소설 쓰는 것보다 목공 노릇 하는 게 좋을 것 같애서요."

"소설 쓰는 것보다야 목공 노릇 하는 게 낫지."

당연한 말을 한다는 식으로 이렇게 말하곤 덧붙였다.

"그러나 잘 안될 걸세. 목공이란 소설 쓰는 것보단 어려우니까."

"어려우니까 배워보고 싶다는 겁니다."

"목공은 어릴 때부터 배워야 하는 거야. 뼈가 굳어버리고 나선 배우기 힘들어."

"그럼, 선생님은 소싯적에 목공을 익힌 겁니까?"

"내 목공술이야 어디 축에나 드나. 직업으론 성립될 수 없고 겨우 무료 봉사를 할 수 있을 정도니까."

정람은 대패를 내려놓고 판자의 표면을 만져보더니 말했다.

"퇴산하지 않으려면 이리 와서 좀 돕게."

정람은 조립을 시작했다. 미리 깎고 철요凸凹를 만들어놓은 기둥과 판자를 요령 있게 순서대로 맞추어나가는데, 그러자면 꼭 다른 사람의 손이 필요하다는 것을 일을 돕고 있는 동안 나는 알아차렸다.

"이렇게 사람의 손이 필요한데 왜 나는 내쫓으려고 했습니까?"

하고 물었다.

"이 군 손이 없으면 다른 사람의 손도 없을까?"

하고 정람이 웃었다.

"음 그렇군요."

속셈을 알았다는 듯이 나는 고개를 끄덕였다.

"그 투는 또 뭔가?"

"내가 방해를 한 것 같애서요."

"방해?"

"진주댁이 오면 그때 오순도순 맞추려고 한 것 아닙니까?"

"그럴 작정이긴 했지만 오순도순은 필요 없는 문잔데."

"둘이서 짝짜꿍하고 있으면 오순도순하게 될 것 아닙니까."

"역시 소설가란 건……."

"거기에 소설가까지 끼일 필요는 없지 않습니까. 눈치하면 코치로 되는 건데."

"싱거운 소리 말고 그 판자를 반듯이 들어주게."

하고 정람은 망치를 두드렸다.

새살할 사이 없이 긴박한 작업의 시간이 한동안 진행되었다. 깔끔한 성과였다. 이를테면 유선형으로 되진 않고 주인의 자리를 중심으로 오각형으로 되어버렸긴 해도 각이 모나게 느껴지지 않을 정도의 세련된 모양이 되었다.

"훌륭한데요."

나는 꾸밈이 없는 탄성을 올렸다.

"이 정도의 솜씨면 직업으로서도 가능하겠는데요."

"그럴까?"

정람도 흐뭇한 기분인 모양으로 도구를 설걷기 시작했다.

내가 비를 들어 바닥에 너절하게 깔려 있는 대팻밥, 톱밥 같은 것을 쓸어 모으고 버릴 곳을 찾고 있자 정람은 시멘트 포대를 가지고 와서 흙이 섞이지 않도록 대팻밥과 톱밥을 넣으라고 했다.

"쓰레기통에 넣어버리면 될 텐데."
하니까 정람이,

"연탄 피우는 데 이용할 수 있는 거라. 버리지 말아요."
하는 것이 아닌가.

속절없이 목로술집의 바깥주인이라고 해주려다가 참았다.

진주댁이 페인트가 든 깡통과 저자바구니를 들고 들어왔다. 그것을 받아드는 정람이나 그것을 건네주는 진주댁의 태도에 완연히 나타나 있는 사랑의 정경, 나는 웃으려다가 말고 고개를 돌렸다.

"자, 그럼 페인트칠이다."
하며 정람은 내게 페이퍼를 주며,

"판자를 이걸로 닦아요."
하고 서슴없이 명령이었다. 거절할 겨를이 있을 까닭이 없었다.

나는 저편에서 정람이 하는 식을 본떠 페이퍼로 판자를 닦기 시작했다.

"고양이 이마빡만 해놓으니 일은 수월하게 끝나는군."

정람은 브러시를 들더니 묘한 냄새가 나는 걸 칠하기 시작했다. 코를 막고 물었다.

"그게 뭡니까?"

"시너라고 하는 거야."

정람이 껄껄 웃었다. 나는 내가 도와야 할 일이 없어졌다기보다 정람과 진주댁과의 사이에 오순도순한 분위기를 만들어 주기 위해 목로술집에서 나왔다.

진주댁의 인사가 등 뒤에 있었다.

"고맙습니다, 선생님."

나는 속으로 대답했다.

'고마울 것 뭐 있소. 고목에 피는 꽃을 구경할 참인데.'

신장을 한 목로술집은 처음 나온 기생처럼 예뻤다. 이건 정람의 말이다.

'진주집'이라고 제법 아담하게 붙여놓은 간판을 쳐다보며 정람은 꽤나 감개가 있는 모양으로 그 집엘 들어설 때마다 잠깐 걸음을 멈추고 쳐다보곤 했다.

정람이 들어서면 진주댁은 눈으로만 웃어 보이고 날 보고만 인사한다.

"이 선생님 오셨어요?"

그 정도로 두 분 사이도 진전하고 있는 것이다.

어느 때는 그들 사이에 이런 대화가 있었다.

"그것보다 저것이 나을 텐데."

"그것이나 저것이나 매양 한가지가 아닐까요?"

"그렇지 않아. 조그마한 차이가 큰 의미, 큰 보람을 내는 거유."

“그렇긴 하지만.”

“그렇긴 하지만 어떻다는 거요?”

“거기까지 멀어서.”

“버스 타면 거기나 저기나 한 정거장 사인데.”

“그래두.”

“그럼, 내가 한번 가보지.”

옆에서 듣고 있으려니 웃음이 났다. 말하자면 암호 통신인
것이다.

또 어느 땐 이런 경우도 있었다.

“그 사람 왔어?”

“아아뇨.”

“그 사람은?”

“엊그제 왔어요.”

“그 사람은?”

“오지 않구요.”

“그래, 이상한데.”

이에 이르러서는 기가 막힌다고 할밖에 없다.

이것, 저것, 그것 할 때는 이미 알고 있는 물건이 문제되어
있다는 걸 알 수 있지만, 그 사람, 그 사람이 세 차례 되풀이
되었는데 낌새를 보니 모두 다른 사람인 것이다. 그런 걸 말의
억양만으로서도 분별해서 들을 수 있으니 그분들 사이의 텔레
파시가 얼마나 민감한가 말이다. 아니 민감한 것만으로도 안
될 것이었다. 나는 그분들 사이에 오가는 깊은 정 같은 것을

느꼈다.

　어느 날의 밤이다.
　임영숙이 나를 찾아왔다.
　"절 진주집에 데려다줄 수 없어요?"
　"왜요?"
　"어쩐지 가보고 싶어요."
　"모르는 사이도 아닐 텐데, 아주머니하곤."
　"알아요. 하지만 어떻게 혼자."
　"정람 선생더러 데려다달라고 하면?"
　"정람 선생은 이제 막 거기서 돌아오셨어요."
　나는 뭔가 임영숙의 마음에 짐작이 갔다.
　"그러지 말구 경산 선생 모시고 올까, 우리 함께 그 집에 가게."
　"그것 좋은 아이디어예요. 그러나."
　"걱정 말아요. 내가 가서 모시고 올게."
　나는 곧바로 경산 선생을 부르러 갔다.
　"선생님 좀 같이 가야겠습니다."
하고 나는 무턱대고 졸랐다.
　"무슨 일인데."
　"꼭 이유를 알려야만 되겠습니까. 여름밤의 소풍쯤으로 생각하고 나가십시다."
　"노인이 필요하다면 정람을 데리고 가게."

"안 되겠어. 난 이제 막 돌아왔을 뿐야. 팔다리가 쑤셔."

정람이 지레 거절이다.

"이 사람 요즘 무슨 까닭인지 밤에 돌아오면 이 모양이거든."

경산이 혀를 끌끌 찼다.

"나는 매일처럼 노동을 한다네. 노동에 재미 붙였어."

"노동에 두 번만 재미 붙였다간 앓아 눕겠군."

두 노인 사이에 말이 오가면 끝간 데를 모른다.

"선생님 가십시다요."

하고 내가 역정을 냈다.

"허 참, 소년 대접이 무서운 거라고 하더니."

하며 경산은 어슬렁 나왔다.

"우리 재미보러 가는데 정람 선생이 빠져 미안하게 됐습니다."

"미안할 거 없어."

"그렇겠죠. 목하……"

사립문을 나서자 경산이 물었다.

"뭔가, 무슨 일인가?"

"잠자코 따라만 오십시오."

좁은 골목길을 빠져나간 어귀에 임영숙이 서 있었다.

"임 군은 또 언제?"

경산이 놀란 소리로 물었다.

"이 선생님 청해 술 한잔할까 했더니 선생님이 끼시지 않으면 안 되겠대요."

"그건 또 왜 그러던가."

"이 선생님의 사모님이 성내실까 봐 그런 것 같애요."

임영숙이 서슴없이 말했다.

"임영숙 씨 그건 무고라는 거요. 중상이란 거요."

"아무튼 경산 선생을 끼우지 않으면 나하곤 상대 않겠다고
된 거예요."

임영숙이 깔깔대고 웃었다.

"어딜 가자는 건가."

경산이 물었다.

"술을 마시려면 술집에 가야지 않아요?"

"그 술집이 어디냐 말여."

"성미도 급하셔."

"궁금해서 그러는 거다."

"진주집엘 가요."

"진주집?"

"아주 하이칼라한 술집이 생겼어요."

"음 그래?"

"호기심이 나시죠."

"별루."

"거겐 기막힌 미인이 있어요."

"미인과 나와 무슨 상관이 있겠나."

"속담에 뭐라더라?"

임영숙이 장난스럽게 얼버무렸다.

"요 가시내가."

경산이 성을 낸 척했다.

"늙은 말 콩을 마다하랴는 말을 할려다가 만 것 아냐?"

내가 말을 끼웠다.

"그러니까 내가 성을 낸 거지."

"헌데 선생님."

하고 이번엔 내가 경산을 차지했다.

"전에 왜 노인 부부가 하고 있던 목로술집 아시죠?"

"이 군과 옛날 간혹 갔었지."

"그 집이 진주집으로 된 거예요."

"주인이 바뀌었나."

나는 집주인의 내력을 간단히 설명하고 정람의 열성이 목로술집을 기생집처럼 만들어놓았다고 하자.

"오오 그래."

하고 탄성을 올리곤,

"그 친구 내겐 한마디도 않구."

하며 쯧쯧 혀를 찼다.

"정람 선생이 왜 경산 선생님께 그 얘기 안 하셨는가의 이유 아시겠어요?"

"장난꾸러기가 돼서 그렇지. 별 이유가 있을라구."

"아녜요."

"아니라니."

"본의는 아니지만 두 선생님 사이를 이간질 좀 해야겠어요."

"이간질?"

"들어보세요. 선생님, 진주집의 아주머니는 기막힌 미인이에요. 나이는 사십 전후, 선생님들 연배에겐 기가 막힌 대상의 여자예요. 그런데 정람 선생은 경산 선생님께 그 여자를 소개하면 뺏길까 봐 겁이 난 거예요. 그래서."

"뺏기다니 그 여자가 정람의 여잔가."

"그럼요."

"농담 말거라."

"아녜요. 이 선생님께 물어봐요."

"그런가? 이 군."

"하여간 보통의 사이는 아닌 것 같습니다."

"듣던 중 반가운 소리군."

"그런데 말입니다. 그 여자는 어느 모로 보나 경산 선생님을 좋아하실 소질과 기질을 가졌구요. 그걸 정람 선생이 알았다 이겁니다. 그래 말씀 않고 혼자 비밀로……."

"듣고 있으니 임 군이 무슨 질투를 하고 있는 것 같군."

"질투를 하다뇨?"

"그래."

"어림도 없는 소리 마세요."

"이 군 어떤가. 내 육감이 틀림 없지?"

"그런가 봅니다."

"몰라요."

하고 임영숙이 길 한가운데 서버렸다.

"몰라도 할 수 없죠. 우리끼리만 갑시다."

나는 경산 선생을 끌고 걷기 시작했다.

임영숙이 따라와 어깨를 나란히 하곤,

"농담이라도 그런 말씀 마세요. 제겐 중대한 계획이 있어요."

하고 웃었다.

"오늘 밤 진주집으로 가자고 미스 임이 왔을 때 나는 뭔가 질투심 같은 것을 느꼈어."

나는 억지로라도 그렇게 우기기로 했다.

임영숙이 내 말을 듣고 당황한 건 그녀의 마음속에 질투의 가닥이 있었기 때문일 것이었지만 물론 그것만이 아니었다는 것은 다음의 말로써 알 수가 있었다.

"뭐라고 생각해도 좋아요. 오늘 밤 선생님들을 모시고 온 것은 저 진주집 아주머니와 정람 선생님을 결합시키는 데 도움이 되어달라는 뜻이었어요."

그러자 경산이,

"정람이 목로술집의 바깥주인으로서 평생을 끝낸다?"

하고 웃었다.

"왜 목로술집의 바깥주인이라고만 생각하세요. 매력 있는 여자의 남편이 된다고는 생각 않으시구요."

임영숙이 볼멘소리를 했다.

"시집도 안 간 여자가 못 할 소리가 없군."

경산이 투덜댔다.

"아무튼 제수씨를 보신다는 셈치고 잘해보세요."

하고 임영숙이 목로술집의 문을 열고 들어섰다. 따라 들어간 나는 내 눈을 의심할 정도로 놀랐다. 가게 안이 너무나 깨끗하고 아기자기하게 꾸며져 있기 때문이다.

카운터를 오각형으로 만든 것은 이미 알고 있었지만 그 카운터의 좌우로 선반이 차려졌는데 각종 먹음직한 안줏감이 유리상자 속에 청결하게 간수되어 있었고 전구 세 개를 어울려 세이드를 붙여 만든 샹들리에는 문화된 목로주점의 기분을 다소곳하게 내뿜고 있었다.

진주댁은 카운터 저편에 서서 들어오는 우리들을 상냥한 웃음으로 맞이했다.

"목로주점으로선 지나치게 깨끗한데."

하고 경산이 자리를 잡았다.

"너무 깨끗해서 약간 질려요."

미리 자리를 잡고 술을 마시고 있던 세 사람 일행 가운데 노동자풍의 사람이 말했다.

"목로주점도 이 정도론 깨끗해야지. 농촌에도 새마을 한다고 야단이라는데."

경산이 넌지시 한마디 했다.

"술은 뭘로 하시렵니까?"

내가 물었다.

“막걸리가 좋을 것 같구먼.”

경산의 답이었다.

“안주는 뭘로 드릴까요.”

진주댁의 말이었다.

“안주인 솜씨껏 뭘 만들어보슈.”

경산이 말하며 술집 구석구석을 살피는 눈이 되었다.

막걸리가 나오고 콩나물에 조개를 어울려 만든 찜이 나왔다. 경산이 한 젓가락 입에 넣어보더니,

“이것 별미로군. 막걸리 안주로선 최고다.”

하며 탄성을 올렸다.

“소주 안주로서도 그저 그만입니다.”

하는 소리가 옆자리 노동자로부터 나왔다.

“이게 진주식인가?”

“진주식이랄 것도 없어요.”

진주댁은 수줍게 대답했다.

“나도 한 잔 마셔볼래요.”

하고 주전자를 당겨 사발에 얼만가의 막걸리를 따라놓고 임영숙이 조개찜을 먹어보더니,

“참말로 맛이 좋은데요.”

하고 눈동자를 굴렸다.

“내 언제 거짓말하는 것 봤나?”

경산이 핀잔을 주었다.

이런저런 얘기를 하며 술을 마시다가, 안주를 먹다가 했다.

이웃자리의 노동자들이 일어서더니 셈을 하고 나갔다. 목로주점 안은 우리들만으로 되었다.

"아줌마."

하고 경산이 불렀다.

"예."

아주머닌 경산의 카운터 앞으로 자리를 옮겨 섰다.

"나이 많이 먹은 사람이 묻는 거니 대답해주시오."

아주머니는 "뭣을?" 하는 표정이 되었다.

"아줌마 나이가 어떻게 되시오."

경산의 말에 아주머니는 살짝 얼굴을 붉혔다.

"요즘 풍속으론 여성의 나이를 물어선 안 된다고 합니다만."

경산이 이렇게 말하자 임영숙이,

"옛날엔 여자의 나이를 함부로 물어도 됐나요?"

하고 받았다.

"옛날이나 지금이나 중매를 설 생각이 있으면 나이를 물어봐야지. 아줌마 나이가 몇이시우."

진주댁은 머뭇머뭇했다.

"아주머니, 이 어른은 정람 선생의 둘도 없는 친구입니다."

내가 말을 끼웠다.

진주댁이 고개를 숙였다.

"친구라기보다 내 아우요, 정람은."

경산이 술을 한 모금 마시곤 이었다.

"솔직히 말하겠소만 정람이 아줌마를 대단히 좋아하는 모양

같수. 정람은 좋은 사람이오. 그런데 외로운 사람이오. 칠십 평생에 장가 한 번 못 가본 총각이오. 칠십 세라고 하지만 아직 젊은 사람 못지 않을 것이오. 내 짐작으론 아직 백 살까진 살 것 같은데 그렇다면 삼십 년은 더 살 수 있다는 얘기가 아니겠수……."

진주댁은 고개를 숙인 채 뭘 장만하고 있었다.

그 표정을 볼 수 없었으나 안절부절못하고 있는 기분이란 것만은 짐작할 수가 있었다. 그게 민망스러워 나는 화제를 돌리려고 했다.

"경산 선생님, 《이동녕 일대기》란 책이 나왔던데 보신 일이 있습니까?"

"뜻밖에 이동녕 일대기가 이 자리에 왜 나오누."

하고 흘겨보곤 경산이 진주댁에게 말했다.

"이래저래 생각이 있어서 묻는 거유. 나이가 몇이시우."

"마흔한 살입니다."

진주댁이 고개를 들지 않은 채 말했다.

"마흔한 살이라!"

경산은 고개를 끄덕끄덕하며 뭔가를 생각하는 척하더니,

"앞으로 평생을 혼자 사실 작정은 아니시겠지."

하고 물었다.

진주댁의 대답은 없었다.

"세상은 맹랑해요."

이렇게 요령부득한 서두를 해놓곤 경산이 임영숙을 슬쩍 보며 말했다.

"이십삼사 세밖에 안 되는 처녀가 정람을 꼬셔 결혼할려고 하니 어디 참."

임영숙의 몸이 꿈틀하는 것 같았다. 내 마음의 탓인지 모른다.

진주댁이 고개를 들었다가 도로 숙였다.

"하기야 괴텐가 뭔가 한 사람은 팔십 세에 십대 소녀를 연모했다고 하지만……. 이건 거꾸로 이십 대의 처녀가 칠십 세의 노인을 짝사랑한다니 원 참."

"선생님 말씀이 좀 심하시지 않으세요?"

임영숙이 싸늘하게 말했다.

"진실은 원래 따끔할 정도로 들리는 거지."

경산이 너그럽게 받았다.

"그런 진실이 어딨어요."

임영숙이 단단히 화가 난 모양이었다.

"임 군은 왜 그러나. 내 말을 들으니 뭔가 켕기는 게 있는 것 아닌가?"

"몰라요 전."

임영숙이 완전히 토라져버렸다.

경산이 임영숙의 태도엔 아랑곳없이 얘기를 시작했다.

"생각하기에 따라선 미담이 될지 모르지. 이십 대의 처녀가 칠십 세의 남자와 결혼할 의사를 가졌다는 건. 그 어린 나이인데도 남자의 진가를 파악할 수 있었다는 사실로도 될 것이고,

그런 만큼 순수한 정신적 사랑이라고 이해할 수도 있으니까 말야. 물론 정람에게 막대한 재산이라도 있다고 하면 불순한 동기가 있는 것이라고 오해해볼 수도 있지만 정람에겐 그런 것도 없고 보니 어느 모로 보아도 불순하다곤 할 수 없거든."

"정람에게 왜 재산이 없습니까. 아니 재산 이상의 것이 있지 않겠습니까."

내가 한마디 거들었다.

"재산 이상의 것?"

경산이 내게 묻는 표정이 되었다.

"음악이 있지 않습니까?"

"그것 갖고야 불순한 동기를 운운할 재료가 될 까닭이 없지."

그러자 임영숙이 자리에서 서더니,

"아주머니 술값 얼마죠?"

하곤 경산을 향해,

"선생님 돌아가십시다."

"그렇게 하지."

경산은 순순히 일어섰다.

"술값은 제가 낼 테니 그만둬요. 미스 임은 선생님 모시고 먼저 돌아가세요. 난 한잔쯤 더하고 가야겠소."

그렇게 해야 할 필요를 느끼고 나는 목로주점에 남았다.

정람과 진주댁이 결합할 수 있다면 두 사람을 위해 그런 다행한 일이 없을 것이란 믿음 같은 것이 생겨나기도 해서 나는 적극적으로 그 일을 추진할 작정을 했다.

그러자면 진주댁의 사연을 대강이나마 알아두어야만 하는 것이다.

나는 사이를 두어가며 이것저것 묻기 시작했다. 그런 결과 다음과 같은 사실을 알았다.

진주댁이 처음 결혼한 남편은 결혼한 지 두 달도 안 되어 징용으로 끌려가 태평양 어느 섬에서 죽었다. 아이도 없이 혼자 살다가 어느 사업가의 첩이 되었다. 본처가 아들을 낳지 못한다고 해서 정식으로 중매인을 넣어 청혼한 것이다.

남의 첩이 되긴 싫었으나 주변의 압력에 굴복하고 말았다. 첩으로 들어가자마자 아들을 낳긴 했는데 얼마 후 본처가 아들을 낳았다. 그때부터 구박이 시작되었다. 진주댁은 자기가 낳은 아들을 데리고 그 집을 나왔다. 나올 때 얼만가를 받은 돈으로 서울에 집을 장만하고 삯바느질을 하며 아들을 키워왔는데 그 아들이 말썽꾸러기라고 했다.

"아들의 아버지는 어디에 삽니까?"

"진주에서 살아요."

"연락은 있습니까?"

"가끔 서울에 옵니다."

"서울에 오면 같이 지냅니까?"

"천만에요, 벌써 남이 된 걸요."

"아들하곤 그 사람이 더러 만납니까?"

"그 애는 자기 아버지를 보지 않으려고 해요."

"호적은 그 집에 들어 있겠군요."

"큰어머니 밑으로 입적이 돼 있지요."

"그럼, 장남 아닙니까. 그 사람의……."

"그게 문제가 된 겁니다. 호적에서 파버릴려고 수단을 쓰고 있지만 그게 잘되지 않는 모양 같애요."

이런 말들이 오가고 난 뒤 나는 단도직입적으로 말해보았다.

"아주머니 어떻습니까, 정람 선생님과 결혼하시면."

진주댁은 들은 척도 안 하는 것 같더니 손님들이 다 나가고 나자 내 옆으로 와서 뚜벅 한마디 했다.

"그런 말씀 마세요."

"왜요?"

했으나 답이 없었다.

하기야 진주댁으로선 심각한 문제일 것이었다. 나는 그 이상 추궁하지 않기로 하고 그날 밤은 그대로 돌아왔다.

그 이튿날 밤의 일이다.

성람이 나를 불러내어 그 목로술집으로 갔다.

다른 손님은 없었다.

정람은 진주댁을 불러놓고 선언하듯 했다.

"들으니 나와 진주댁을 두고 엉뚱한 계교를 꾸밀려고 하고 있는 모양이지만, 진주댁, 그런 일로 신경쓰지 마슈. 주객간으로 지냅시다. 서로 부담스럽지 않은 관계로 지내자, 이거요. 경산으로부터 그런 말을 듣고 나는 다른 곳으로 가버릴 생각이었는데 모처럼 이곳에 정을 들이고 훌쩍 떠나는 게 섭섭할 것 같애 진주댁에게 통사정을 하는 거요. 그런 말 들었다고 불쾌하게 생각지 말고 종전대로 지냅시다. 술집의 주인과 뜨내기 손님으로 말이오. 만일 진주댁이 조금이라도 께름한 마음을 가진다면 난 다른 곳으로 떠나겠소.”

그러자 진주댁이 황망하게,

“선생님, 전 아무시렁도 안 해요. 그러니 선생님 다른 곳으로 가시지 마십시오. 선생님이 다른 곳으로 가신다면 전 이런 장사 그만두겠어요. 선생님 말씀대로 주객간으로 종전처럼 지내시면 될 것 아닙니까. 제 걱정일랑 조금도 마세요.”

하고 눈물을 글썽였다.

이렇게 결혼 얘기는 없었던 것으로 되었다.

생각하면 그후로 얼마 동안의 목로술집은 내게 있어서 아카데미와 같은 의미를 가졌다. 가끔 경산, 정람, 임영숙과 나, 넷이 어울려 환담하는 경우도 있었고, 임영숙과 정람과 나, 셋이 어울리는 경우도 있었고, 나와 정람 단 둘이서 밤이 깊어가는 줄도 모르고 얘기에 열중하는 경우도 있었다.

어느 때엔간 이런 대화가 있었다.

“선생님이 레닌을 만나시게 된 동기는 어떤 거였습니까?”

“이동휘 선생이 모스크바에 오셨어. 레닌과 만나게 되었는데 통역이 필요하다는 거라. 난 그때 모스크바 대학의 학생이었지. 내게 전갈이 와서 그래 따라가게 된 거야.”

“이동휘 선생이면 고려공산당의 당수 아닙니까?”

"당수라고 하기보다 창립자였지."

"어떻게 이동휘 선생이 공산주의자가 되었을까요?"

"이동휘 선생은 공산주의자가 아냐. 독립운동의 수단으로 공산주의를 이용하려고 한 거지. 요컨대 소련의 도움을 받으려는 목적으로 공산당을 만든 거다."

"그때 레닌과 이동휘 선생 사이에 무슨 말이 오갔습니까?"

"레닌은, 조선을 독립시키는 방안이 어떤 것이냐고 묻더만. 이에 대해 이동휘 선생은 이천만 동포를 총무장하여 일본 놈을 내쫓는 방법밖엔 없는데 우선 그렇게 하기 위해선 민족의 간부, 즉 전위 부대를 양성해야 한다고 대답을 하셨지. 그러니까 레닌이 전위부대 양성엔 확고한 이념이 있어야 할 것인데 그 이념을 말해보라고 했어. 그랬더니 이동휘 선생은 공산주의의 이념이라고 하셨다. 레닌은 빙그레 웃으면서 조선 독립을 위해선 공산주의 이념보다 민족주의 이념을 앞세워야 할 것이라고 하더만. 이어 레닌은 조선의 경제 사정을 물었어. 이동휘 선생은 인구의 거의 절반이 만성적인 기아 상태에 있는데도 일본의 수탈이 너무나 가혹하기 때문에 궁핍이란 말 한마디밖엔 없다고 하셨어. 그랬더니 레닌은 그러한 궁핍 위엔 아무것도 이룩될 것이 없을 것이라면서 얼굴을 찌푸렸어. 그리고 레닌은 당신이 독립운동을 추진하는 데 자금이 얼마나 필요한가, 하고 물었다. 이동휘 선생은 다다익선이겠지만 우선 사십만 루블이 필요하다고 했지. 레닌은 사십만 루블 갖고는 어림이 없을 것이라면서 우선 백만 루블쯤 원조하겠다고 쾌히 말했어."

"여운형 선생 때도 정람 선생이 통역하셨습니까?"

"여운형 씨의 통역은 한필수 군이 했지. 그러나 나는 그때도 따라갔지."

"여운형 선생관 어떤 얘기가 있었습니까?"

"이동휘 선생의 경우와 비슷한 질문을 했는데 여운형 씨의 대답은 이동휘 선생보다 훨씬 이론적이고 구체적이었어. 경제 문제에 이르러선 국토 면적과 농토와의 비율, 산업의 각 형태 등, 꽤 내용이 알찬 것이었어. 그런데 이상해. 레닌은 이동휘 선생에게 더욱 호감을 가졌던 것 같애. 이동휘 선생에겐 백만 루블이나 주었는데 여운형 씨에겐 그런 원조를 할 생각을 안 했거든."

"그 이유가 무엇이었을까요?"

"뒤에 내가 물어봤지. 그랬더니 레닌의 말은 이랬어. 이동휘 씬 무식하지만 순진하고 기백이 있는데 여운형 씬 다소 유식 하지만 소피스트케이트한 데가 있다는 거야. 그리고 여운형 씨의 유식보다 이동휘 씨의 무식을 높이 평가한다고 했어. 레 닌과 같은 천재 앞에선 여운형 씨의 유식쯤은 문제도 안 되었 던 거지."

"그건 그렇고 정람 선생은 레닌의 총애를 받았으면서도 어 떻게 공산당에 들지 않고 배겨내셨습니까?"

"아닌 게 아니라 공산당에 들 생각이 없느냐고 묻기도 했어. 그때 나는, 공산당은 당원의 희생을 요구하는데 나에겐 아직 그런 각오가 되어 있지 않다고 했지. 그랬더니 레닌은 껄껄 웃으며 넌 정직해서 좋다고 하더만."

이밖에도 느긋한 기분이 되면 레닌의 갖가지 일화를 들먹였다.

불과 일주일의 공부로써 전기 공학에 관한 일류의 전문가가 되었다는 것, 바쁜 가운데도 어린이와 어울려 놀기를 좋아하여 조카딸하고 집무실에서 숨바꼭질을 시작하여 소파 밑에 기어 들어가는 장난을 연출했다는 것, 집권한 후에도 신분을 숨기고 농촌에 가서 건초 더미에 자며 농부들과 어울려 담소했다는 것, 개인숭배적인 경향엔 철저하게 반발했다는 것……. 그리고 정람은 다음과 같은 결론을 짓기도 했다.

"레닌의 위대한 천재, 위대한 정력이 없었더라면 소련이라고 하는 범죄 국가는 성립되지 못했을 것이다. 인류가 저지른 극악의 상태를 만들어내기 위해서 레닌과 같은 천재를 필요로 했다는 것은 확실히 역사의 비극이다."

아무튼 진주댁의 그 목로술집은 정람 선생과 나와의 우정을 가꾼 보금자리였다. 아니 우정이라고 하기보다 사제간의 정이라고 하는 것이 옳을지 모른다. 나는 그로부터 중국에서부터 시베리아에 깔린 민족의 슬픈 역사를 배웠다. 동시에 러시아 문학의 진수를 배웠다. 내가 그 이름이라도 알고 있는 러시아 작가는 열 명 이상을 넘기지 않는데 나는 정람을 통해 세프첸코, 크루이로프, 페트로프 등 수많은 천재들을 알았다.

거의 초인적이라고 할 수 있는 정람의 기억력은 그들 작품의 줄거리와 특색 있는 장면을 선명하게 전개하는 것인데 그런 얘기를 듣고 있으면 할머니의 옛이야기에 귀를 기울이고 있던 어린 시절이 생각나기도 했다.

그런데 이 보금자리는 뜻밖인, 실로 뜻밖인 사건으로 하룻밤 사이에 궤멸하고 말았다.

그해의 겨울이 깊어 첫눈이 내리던 밤의 일이다. 그 밤도 진주집에서 나와 정람은 이런저런 얘기를 주고받고 있었는데 밤이 깊어 손님들이 떠나고 나자 정람이 심각한 얼굴을 하고 이런 말을 꺼냈다.

"이 군의 양해를 구해야겠다."

그러자 진주댁은 왠지 당황한 표정으로 저편 구석으로 가서 그릇을 설거기 시작했다.

"결심했어, 이 군. 진주댁과 결혼하기로 했어. 내가 결혼해야만 임 군이 프랑스로 가겠다는 거야. 고집이 대단해. 그 아이를 프랑스로 보내기 위해서도 결혼해야 하겠고, 진주댁의 사정으로 봐서도 결혼해야 될 형편이야. 옛날의 남편이 강제적으로 끌고 가려고 한다네. 그런데 진주댁은 죽어도 그렇게는 못 하겠다는 거여. 그래 며칠 전 아들에게 통사정을 했다는구먼."

정람의 말은 침통했다.

"잘하신 결심입니다."

하면서도 나는 어쩐지 불안해서 진주댁이 들을 수 있게 소리를 높여 물었다.

"아드님은 쾌히 동의를 하셨나요?"

"암말이 없더래. 그러나 그게 문제될 수 있겠나. 사정 따라 할 일이지."

정람도 덤덤하게 말했다.

"경산 선생께도 의논하셨나요?"

"경산도 좋다고 하더만, 임 군은 대찬성이구."

그러나 나는 여전히 불안했다. 언젠가 한 번 본 진주댁 아들의 독기가 서려 있는 듯한 눈이 뇌리를 스쳤기 때문이다.

"결혼하면 아들은 어떻게 되는 겁니까?"

내가 물었다.

"우리와 같이 있고 싶으면 같이 있고 자기 아버질 찾아간다면 그것도 좋구. 결혼하면 당분간 경산의 집으로 이사갈 참이다. 뒤의 골방을 치우면 방이 세 개가 되는 셈이니까. 그 아이는 그 골방에 와 있어도 되거든. 나와 경산이 한 방에 거처하고, 진주댁과 일보는 아주머니와 같은 방을 쓰면 되니까."

"요컨대 임영숙 씨를 쫓아내자는 계획이구먼요."

"쫓아낸다는 말은 과해."

"들으니 구조적으로 그렇게 되어 있는 것 아닙니까."

정람은,

"그렇게라도 해야 결말이 날 것 같지 않은가."

하고 웃었다.

문제의 발단은 바로 그 계획에 있었다.

이튿날 밤 나는 감기 기운이 있어서 목로술집에 나가지 못했다. 밤 열 시쯤 되었을까.

요란스럽게 판자문을 두드리는 사람이 있었다. 외투를 걸치고 나가보았다.

"진주집에서 큰일이 났습니다. 빨리 가보십시오."
하는 소리를 남기고 그 사람은 어둠 속으로 사라졌다.

급히 달려간 나는 유리창이 부서진 채 길바닥에 놓여 있고 그릇들이 땅바닥에 뒹굴고 있는 진주집의 광경을 보고 질끔했다.

마을 사람들이 한모퉁이에 모여 혀를 끌끌 차고 있는데 정람이 한쪽 벽에 등을 기댄 채 눈을 감고 앉아 있었다. 진주댁은 보이지 않았다.

"어떻게 된 겁니까, 선생님."
하고 내가 말을 걸었다.

정람은 눈을 떴다가 다시 감았다. 눈물이 한 줄기 뺨 위로 흘러내리고 있었다.

마을 사람들의 말을 종합하면…….

진주댁의 아들이 가게 안으로 들어서더니 성큼 정람 앞으로 다가섰다. 정람이 거기 앉으라고 자리를 가리켰다. 그 찰나 아들이 포켓에서 잭나이프를 빼 들었다. 그러고

"더러운 영감쟁이."
하고 덤벼들었다.

정람은 민첩하게 제일격은 피했으니 아들은 두 번째 칼을

휘둘렀다. 그때 진주댁이 사이에 들어섰다.

아들은 어머니를 밀쳤다. 진주댁은 밀쳐지지 않으려고

"이놈아 나를 죽여라."

하고 악을 썼다.

"늙어도 곱게 늙어. 이런 영감쟁이와 놀아난 년은 엄마가 아니다."

며 아들은 사정 없이 진주댁을 밀어버렸다. 아이쿠, 하고 진주댁이 흙바닥에 쓰러졌다.

정람이,

"이 만고에 후레자식 놈 같으니."

라며 벌떡 일어서서 아들의 어깨를 치고 칼을 뺏으려고 했다. 젊은 아들인데도 나이 많은 정람의 적수는 아니었다. 비틀하면서 칼을 뺏기지 않으려고 팔을 치웠다. 흙바닥에서 일어난 진주댁이 아들의 허리를 안았다. 허리를 안긴 채 아들은 정람을 겨누어 칼부림을 했다.

앗차 하는 순간이었다. 진주댁이 몸을 돌려 아들과 정람과의 사이에 끼었을 때 칼이 진주댁의 몸을 찔렀다……

정람이 아들의 다리를 걸어찼다. 아들은 뒤로 뒹굴었다.

그러나 그땐 때가 이미 늦었다. 진주댁의 목에서 선혈이 분수처럼 솟아올랐다. 정람이 수건으로 지혈하려고 했지만 피는 좀처럼 멎지 않았다. 경찰이 들이닥쳤다. 진주댁은 앰뷸런스에 실려 병원으로 갔다. 이웃 사람 몇이 따라갔다. 아들은 경찰서로 연행되었다.

대강 이와 같은 것이 내가 그곳에 도착하기까지의 경위였던 것이다.

진주댁은 이윽고 병원에서 숨을 거두고 말았다. 정람이 주동이 되어 장사를 치렀다. 그 직후 정람은 행방을 감추어버렸다. 물론 임영숙도 떠났다.

경산의 적막한 생활만 공덕동에 남았다.

내가 공덕동에서 녹번동으로 이사한 것은 그로부터 두 달 후의 일이다.

그래도 한 달에 한 번 꼴로 경산을 찾았던 것인데, 석 달 동안의 외국 여행을 하고 찾아갔을 때엔 이미 경산은 이 세상에 없었다.

십수 년이 흘렀다.

어느 잡지사의 전교로 한 통의 부고가 날아들었다.

"동정람 선생이 어젯밤(4월 21일) 돌아가셨습니다."

발신자는 임영숙이었다.

나는 황급히 성북구 상도동으로 되어 있는 주소로 찾아갔다. 뜻밖에도 아담한 집, 피아노까지 놓은 아늑한 방에 바야흐로 봄철을 만나 만발한 갖가지 꽃에 묻혀 정람은 평화로운 얼굴로 잠들어 있었다.

장지는 청평호를 바라보는 산기슭이었는데 거긴 경산 선생의 무덤이 있었다.

"어떻게 그곳을 아셨는지, 경산 선생 옆에 묻어달라는 것이 그분의 유언이었습니다."

하고 임영숙이 울먹거렸다.

임영숙은 그 큰 사건을 당하고 행방을 감춘 정람을 찾아내는 데 꼬박 이 년이 걸렸다고 했다. 그러니 프랑스고 뭐고 자신의 장래를 모두 팽개치고 정람의 만년을 모셨다는 얘기가 된다.

그러한 발심의 근거가, 그 비극의 원인이 자신에게 있다는 속죄 의식이었을까, 그런 의식조차도 넘어선 사랑이었을까, 그러나 이러한 전색은 다시 새로운 얘기를 필요로 한다.

지금은 대로가 되어버려 그 옛날의 흔적도 남기지 않은 공덕동을 지나면서 나는 경산을 생각하고, 정람을 생각한다.

그런데 이 치졸한 기록이 과연 두 선생을 위한 진혼의 보람을 다할 수 있을는지 아득한 기분이기만 하다.

영웅시대 후일담의 돌올한 존재 양식

김종회(문학평론가, 경희대 교수)

1983년 《한국문학》에 발표된 이병주의 중편 〈그 테러리스트를 위한 만사〉는, 1965년 데뷔작 〈소설·알렉산드리아〉 이후 20년 가까이 지속되어온 그의 문학 세계 패턴을 여러모로 함축하고 있다. 이미 독자들에게 익숙한 인물과 사건의 유형, 그리고 이야기의 구조를 반복적으로 드러내는 동시에, 여전히 돌올한 서사적 장치에 실은 소설적 재미와 교훈을 함께 공여하는 작품이다.

이 소설에는 동정람과 하경산이라는 매우 독특하고 기이한 두 사람의 노인이 등장한다. 일제 강점기의 항일 경력을 가졌고 구소련과 중국 대륙을 풍찬노숙으로 횡행한 이력의 소유자이며, 그와 같은 영웅시대의 역사적 행적과 거대 담론의 그림자를 안고 지금은 공덕동 서민촌에서 청빈하고 고고한 기품으로 살아가는, 동시대로서는 품절의 인물들이다. 이 두 사람을 관찰하고 그 외형과 내면을 서술하는 '나'는, 이병주 소설 곳

곳에서 기록자로 출현하는 '이 군'이나 '이 선생'의 또 다른 모습이다. '나'는 경산을 거쳐 표제의 호명 '그 테러리스트'의 주인인 정람에게로 접근한다.

경산이 일상적 삶의 범주를 지키며 일탈의 사유 체계를 끌어안는 상식적 인물이라면, 정람은 일탈의 방식 속에서 인생의 근본주의를 추구하는 탈상식적 인물이다. 경산이 정론적인 시선을 가진 투사의 면모를 가진 반면, 정람은 전위적인 사고를 실천하는 테러리스트로서의 전력을 지녔다. 그러한 점에서 두 인물은 서로 닮기도 하고 또 다르기도 하다. 분명한 것은, 오늘날과 같이 의식의 분절과 파쇄가 선험적으로 주어진 시대는 이와 같은 성향의 문제적 인물들을 더 이상 생산할 수 없다는 사실이다.

또한 이 소설에는 이병주 소설에서 수시로 그려지는, 가장 순종적이면서도 가장 주체적인 여성 인물들도 그 익숙한 얼굴을 내밀고 있다. 피리 불기에 달통한 정람의 음악적 천재에 이끌려온 임영숙, 소설 중반 이후에 역할을 가진 목로주점의 진주댁이 그들이다. 임영숙은 정람의 임종에 이르기까지 결국 자신의 전 생애를 던졌고, 진주댁은 정람에게로 향하는 아들의 칼을 가로막고 스스로의 목숨을 버렸다.

거기에 과거사의 굴곡 속에서 형언할 수 없을 만큼의 악역을 감행한, 극도로 부정적인 인물도 따라 다닌다. 일본 관동군의 악명 높은 밀정이었던 임두생의 존재가 바로 그렇다. 20세기 중반의 일본 유학생이자 학도병 출신인 작가가, 한일 관계

사와 그것의 청산에 깊은 관심을 가졌던 연유로, 임두생과 같은 악한의 캐릭터는 그의 소설 여러 자리에 일정한 기능이 있다. 물론 임두생의 반성과 변화는 이 관행과 별개의 문제이다.

시대의 변환에 따라 급격히 구습의 유물처럼 변해버린 역사성의 인물, 어쩌면 로맨틱 코미디가 될 것도 같은 사랑 이야기를 소설 문맥 속에서 천연히 발양하는 여성 인물, 천인공노할 패륜의 민족 반역자인 악역의 인물, 이들을 균형 감각을 갖고 바라보는 발화자요 기록자로서의 작중 소설가, 그리고 이들을 무리 없이 부양하는 각양의 배경 인물들이 이 작품으로 하여금 오락과 교의를 두루 갖춘 장점을 끌어안게 한다.

표제를 이룬 용어 '테러'가 지시하는 바와 같이, 이 소설은 테러에 대한 정람의 생각, 노테러리스트가 가진 신념의 성격을 매우 공들여 서술하고 있다. 작가의 표현에 의하면, 올곧은 테러는 살생殺生이 아니라 살사撒死, 곧 이미 정신이 죽은 자를 죽임으로써 명분의 대의를 세우는 일이 된다. '사랑'이야말로 테러를 추동하는 힘이라는, 일견 궤변처럼 들리는 논리가 소설 속에서 설득력을 얻는 것은 매우 아이러니컬하기도 하다.

이 소설의 테러관觀에는 궁극적으로 인간애와 인본주의가 잠복해 있는 셈이다. 그러기에 환경 조건과 관계없이 올바른 세계관으로 임두생을 죽이려는 정람의 결의가 고결해 보이고, 동시에 아내를 능욕하고 죽게 만든 원수 임두생을 비호하는 경산의 행위도 고결해진다. 그런데 이 모든 일들은, 이윽고 격랑의 역사가 스쳐간 그 뒤안길의 후일담일 뿐이다. 만약 정람과 경산의 사건이 활화산 같은 분출 현장의 일이라면, 이처럼 한가한 논쟁은 의식의 사치에 불과할 뿐이다. 바로 여기에 값이 있다. 후일담의 존재 양식으로 과거의 역사를 평가할 때, 비로소 온전하게 정돈된 시각으로 '인간'을 되살릴 수 있을 것이기 때문이다.

소설 속의 정람은 피리의 곡조, 음악적 감각의 천재성을 유감없이 발휘한다. 뿐만 아니라 그 정제되고 민첩한 언동 또한 천재성에 부합하도록 그려진 인물이다. 그의 천재가 없이는 임영숙을 끌어들일 구조가 성립되기 어렵고, 진주댁과의 로맨스도 개연성을 확보하기 어렵다. 이 유난한 인물의 천재는, 그러나 이야기 속에 아주 자연스럽게 녹아 있어, 정람이나 경산이 꼭 실존 인물일 것만 같은 독후감을 촉발한다. 마치《관부연락선》의 유태림이 어느 모로나 실존자로 보이는 것과도 같다.

이 소설에서도《관부연락선》에서와 같이 짧은 표면적 시간대 뒤로 근대사의 흐름을 방불하는 장구한 시간적·공간적 부피가 내포적으로 매설되어 있다. 작가가 정람을 소설의 표면으로 밀어 올리는 방식도 순차적이고 점층적인 수순을 밟아간다. 정람과 러시아 혁명의 주인공 레닌, 정람과 폴란드 태생의 소녀 에스토라야 이야기도 그 점층법의 단계에 걸쳐져 있다. 이러한 장쾌하고 드라마틱한 이야기 구성, 거기에다 호활하고 유려한 문장 스타일은 한국 문학에서 이병주 소설이 아니면 목도하기 힘든 형국이다.

그런가 하면 동서고금을 누비는 박람강기와 박학다식이 놀라운 수준이다. 레닌과 스탈린을 비교 분석하는 것은 그렇다 하더라도, 곰이나 호랑이와 같은 동물에 이르러서 현란하게 펼쳐놓은 백과사전적 지식들은, 그 자신의 말대로 어쩌면 작가로서의 '재능의 낭비'인지도 모른다. 만약 그가 보다 규준을 따른 소설 학습의 일정을 거치고, 최대 다산多産 작가로서의 창작 관행을 밀도 있게 관리할 수 있었더라면, 우리는 그야말로 그가 일찍이 목표로 했던 '한국의 발자크'를 더욱 실감 있게 목격할 수 있었을 것이다.

낭비의 혐의를 유발할 수 있는 그 모든 지리잡박支離雜駁을 포함하여, 그리고 근대사의 중심을 관류하는 오연한 서술자의 기개를 더하여, 그는 만사輓詞의 형식으로 이 소설을 썼다. 극적인 사건 이후 주인공의 잠적과 오랜 세월 후 돌연히 그의 부고를 발출하는 방식은, 이 소설의 동정람 경우와 다른 단편 〈빈영출〉의 중심인물 빈영출 경우가 닮은꼴이다. 그는 지사志士와 범부凡夫 모두에게 만사를 바칠 수 있는, 가슴 속의 평량秤量이 넓은 작가였다.

1921	3월 16일 경남 하동군 북천면에서 아버지 이세식과 어머니 김수조 사이에서 태어남.
1933	양보공립보통학교 13회 졸업.
1940	진주공립농업학교 27회 졸업.
1943	일본 메이지 대학 전문부 문예과 졸업.
1944	와세다 대학 불문과에 재학 중 학병으로 동원되어 중국 쑤저우蘇州에서 지냄.
1948	진주농과대학과 해인대학(현 경남대학)에서 영어, 불어, 철학을 강의.
1954	문단에 등단하기 전 《부산일보》에 소설 《내일 없는 그날》 연재.
1955	《국제신보》에 입사, 편집국장 및 주필로 언론계에서 활동.
1961	5·16 때 필화사건으로 혁명재판소에서 10년 선고를 받고 복역 중 2년 7개월 후에 출감. 한국외국어대학, 이화여자대학 강사를 역임.
1965	중편 〈소설 · 알렉산드리아〉를 《세대》에 발표함으로써 문단에 등단.
1966	〈매화나무의 인과〉를 《신동아》에 발표.
1968	〈마술사〉를 《현대문학》에 발표. 《관부연락선》을 《월간중

앙》에 연재(1968. 4.~1970. 3.) 작품집 《마술사》(아폴로사)
간행.

1969   〈쥘부채〉를 《세대》에, 〈배신의 강〉을 《부산일보》에 발표.

1970   《망향》을 《새농민》에 연재, 장편 《여인의 백야》(문음사)
간행.

1971   〈패자의 관〉(《정경연구》) 등 중단편을 발표하는 한편, 《화원
의 사상》을 《국제신보》, 《언제나 은하를》을 《주간여성》에
연재.

1972   단편 〈변명〉을 《문학사상》에, 중편 〈예낭풍물지〉를 《세대》
에, 〈목격자〉를 《신동아》에 발표. 장편 《지리산》을 《세대》
에 연재. 장편 《관부연락선》(신구문화사) 간행. 영문판 〈예
낭풍물지〉, 장편 《망각의 화원》 간행.

1973   수필집 《백지의 유혹》(강남출판사) 간행.

1974   중편 〈겨울밤〉을 《문학사상》에, 〈낙엽〉을 《한국문학》에 발
표. 작품집 《예낭풍물지》 영문판(세대사) 간행.

1976   중편 〈여사록〉을 《현대문학》에, 단편 〈철학적 살인〉과 중
편 〈망명의 늪〉을 《한국문학》에 발표, 창작집 《철학적 살
인》(한국문학), 《망명의 늪》(서음출판사) 간행.

1977   중편 〈낙엽〉과 〈망명의 늪〉으로 한국문학작가상과 한국창
작문학상 수상, 창작집 《삐에로와 국화》(일신서적공사), 수
필집 《성—그 빛과 그늘》(서울물결사), 《바람과 구름과 비》
(동아일보사) 간행.

1978   중편 〈계절은 그때 끝났다〉, 단편 〈추풍사〉를 《한국문학》
        에 발표. 《바람과 구름과 비》를 《조선일보》에 연재. 창작
        집 《낙엽》(태창문화사) 간행, 장편 《망향》(경미문화사), 《허
        상과 장미》(범우사), 《조선일보》에 연재되었던 《미와 진실
        의 그림자》(대광출판사), 《바람과 구름과 비》(물결출판사) 간
        행. 수필집 《사랑받는 이브의 초상》(문학예술사), 《허상과
        장미》(범우사), 칼럼 《1979년》(세운문화사) 간행.

1979   장편 《황백의 문》을 《신동아》에 연재. 장편 《여인의 백야》
        (문음사), 《배신의 강》(범우사), 《허망과 진실》(기린원) 간행,
        수필집 《사랑을 위한 독백》(회현사), 《바람소리, 발소리, 목
        소리》(한진출판사) 간행.

1980   중편 〈세우지 않은 비명〉, 단편 〈8월의 사상〉을 《한국문
        학》에 발표. 작품집 《서울의 천국》(태창문화사), 소설 《코스
        모스 시첩》(어문각), 《행복어사전》(문학사상사) 간행.

1981   단편 〈피려다 만 꽃〉을 《소설문학》에, 중편 〈거년의 곡〉을
        《월간조선》에, 중편 〈허망의 정열〉을 《한국문학》에 발표.
        장편 《풍설》(문음사), 《서울 버마재비》(집현전), 《당신의 성
        좌》(주우) 간행.

1982   단편 〈빈영출〉을 《현대문학》에 발표. 《그해 5월》을 《신동
        아》에 연재. 작품집 《허망의 정열》(문예출판사), 장편 《무지
        개 연구》(두레출판사), 《미완의 극》(소설문학사), 《공산주의
        의 허상과 실상》(신기원사), 수필집 《나 모두 용서하리라》

(대덕인쇄사), 《용서합시다》(집현전), 소설 《역성의 풍·화산의 월》(신기원사), 《행복어사전》(문학사상사), 《현대를 살기 위한 사색》(정음사), 《강변 이야기》(국문) 간행.

1983 중편 〈그 테러리스트를 위한 만사〉를 《한국문학》에, 〈소설 이용구〉와 〈우아한 집념〉을 《문학사상》에, 〈박사상회〉를 《현대문학》에 발표, 작품집 《그 테러리스트를 위한 만사》(홍성사), 고백록 《자아와 세계의 만남》(기린원), 《황백의 문》(동아일보사) 간행.

1984 장편 《비창》을 문예출판사에서 간행, 한국 펜문학상 수상, 장편 《그해 5월》(기린원), 《황혼》(기린원), 《여로의 끝》(창작문예사) 간행. 《주간조선》에 연재되었던 역사기행 《길 따라 발 따라》(행림출판사), 번역집 《불모지대》(신원문화사) 간행.

1985 장편 《니르바나의 꽃》을 《문학사상》에 연재, 장편 《강물이 내 가슴을 쳐도》와 《꽃의 이름을 물었더니》, 《무지개 사냥》(심지출판사), 《샘》(청한), 수필집 《생각을 가다듬고》(정암), 《지리산》(기린원), 《지오콘다의 미소》(신기원사), 《청사에 얽힌 홍사》(원음사), 《악녀를 위하여》(창작예술사), 《산하》(동아일보사), 《무지개 사냥》(문지사) 간행.

1986 〈그들의 향연〉과 〈산무덤〉을 《한국문학》에, 〈어느 익일〉을 《동서문학》에 발표, 《사상의 빛과 그늘》(신기원사) 간행.

1987 장편 《소설 일본제국》(문학생활사), 《운명의 덫》(문예출판사), 《니르바나의 꽃》(행림출판사), 《남과 여 ─에로스 문화

사》(원음사), 《남로당》(청계), 《소설 장자》(문학사상사), 《박사상회》(이조출판사), 《허와 실의 인간학》(중앙문화사) 간행.

1988   《유성의 부》(서당) 간행, 대하소설 《그해 5월》을 《신동아》에, 역사소설 《허균》을 《사담》에, 《그를 버린 여인》을 《매일경제신문》에, 문화적 자서전 《잃어버린 시간을 위한 메모》를 《문학정신》에 연재, 《행복한 이브의 초상》(원음사), 《산을 생각한다》(서당), 《황금의 탑》(기린원) 간행.

1989   《민족과 문학》에 《별이 차가운 밤이면》 연재. 장편 《소설 허균》, 《포은 정몽주》, 《유성의 부》(서당), 장편 《내일 없는 그날》(문이당) 간행.

1990   장편 《그를 버린 여인》(서당) 간행, 《꽃이 된 여인의 그늘에서》(서당), 《그대를 위한 종소리》(서당) 간행.

1991   인물 평전 《대통령들의 초상》(서당), 《달빛 서울》(민족과 문학사) 간행, 《삼국지》(금호서관) 간행.

1992   《세우지 않은 비명》(서당) 간행. 4월 3일 오후 4시 지병으로 타계. 향년 72세.

1993   《소설 정도전》(큰산), 《타인의 숲》(지성과 사상) 간행.

김윤식

서울대학교 국어국문학과와 동 대학원을 졸업했고 1962년 《현대문학》에 《문학사방법론 서설》이 추천되어 문단에 발을 들여놓았다. 한국 근대문학에서 근대성의 의미를 실증주의 연구 방법으로 밝히는 데 주력했으며 1920~1930년대의 근대문학과 프롤레타리아문학이 가지는 근대성의 의미를 밝히고자 했다. 1973년 김현과 함께 펴낸 《한국문학사》에서는 기존의 문학사와는 달리 근대문학의 기점을 영·정조 시대까지 소급해 상정함으로써 뜨거운 논쟁을 불러일으키기도 했다. 현대문학신인상, 한국문학작가상, 대한민국문학상, 김환태평론문학상, 팔봉비평문학상, 요산문학상 등을 수상했으며 저서로 《문학사방법론 서설》, 《한국문학사 논고》, 《한국 근대문예비평사 연구》, 《황홀경의 사상》, 《우리 소설을 위한 변명》, 《한국 현대문학비평사론》 등이 있다.

김종회

경희대학교 국어국문학과와 동 대학원을 졸업했고 1988년 《문학사상》을 통해 평단에 나왔다. 김환태평론문학상, 한국문학평론가협회상, 시와시학상, 경희문학상을 수상했으며 2008년에는 평론집 《문학과 예술혼》, 《디아스포라를 넘어서》로 유심작품상, 편운문학상, 김달진문학상을 수상했다. 특히 《디아스포라를 넘어서》는 남북한 문학 및 해외 동포 문학의 의미와 범주, 종교와 문학의 경계, 한국 근대문학의 경계 개념을 함께 분석한 평론집으로 평가받고 있다. 저서로 《한국소설의 낙원의식 연구》, 《위기의 시대와 문학》, 《문학과 전환기의 시대정신》, 《문학의 숲과 나무》, 《문화 통합의 시대와 문학》 등이 있으며 엮은 책으로 《북한 문학의 이해》, 《한민족 문과권의 문학》, 《한국 현대문학 100년 대표 소설 100선 연구》, 《문학과 사회》 등이 있다.